JN110077

夜光怪人

横溝正史

角川文庫
23369

目次

夜光怪人

モーター・ボートの怪人

世のなかにはときどき、妙なことが起こるものである。ふつうの人間の心では、想像することのできないような、なんともいえないへんてこな、えたいの知れぬことが起こるものだ。

たとえばあの年の春、東京じゅうをさわがせた、夜光怪人のうわさなどもそれだった。夜光怪人——それは実に、なんともいえない妙なうわさであった。いったい人間がなんのために、夜ひかる衣装などを身につけなければならないのだろうか。もし、そいつが悪人で、何かよからぬことをたくらんでいるとしたら、なるべく人目につかぬようにくふうすべきではあるまいか。それだからこそ昔から、悪いことをする人間は、暗闇《くらやみ》にもまがう、黒い衣装を身につけているのではないだろうか。

それにもかかわらず、夜光怪人にかぎっては、暗闇のなかでもキラキラ光る衣装を、わざと身につけているというのである。どんな暗闇に身をひそめてもハッキリ目じるしになるような、夜光帽子をかぶり、夜光マントを着、おまけに夜光靴《やこうぐつ》まではいているというのだ。いったい夜光怪人というのは何を考えているのか——。

それはさておき、夜光怪人のうわさが、ひとの口にのぼるようになったのは、春まだ寒い二月ごろのことであったろう。いちばん最初に、この不思議な夜光怪人を見たというのは、隅田川《すみだがわ》を上下する、だるま船の船頭さんだったということだった。

その晩、若い船頭は、船のなかに石炭をいっぱい積んで、隅田川をこぎのぼっていた。実をいうとその石炭は、夕がたまでに上流にある工場へ運ばなければならなかったのだが、意外に積み荷にてまどって、とうとう夜までかかってしまったのである。

船頭は、ギッチラ、ギッチラ、いっしょうけんめいに艪《ろ》をこいでいた。

時刻はもう十時過ぎで、空には寒そうな三日月がかかっている。

ところが、船がちょうど、両国橋のへんまでさしかかったときだった。

上手のほうから、

「あれえッ！」

と、若い女のけたたましい悲鳴がきこえてきた。

船頭はハッとして、こぐ手をやめて川上のほうへ目をやったが、そのとたん、ドドドドッとものすごいエンジンの音をひびかせて、一隻のモーター・ボートが矢のように、川下のほうへ走っていった。

なにしろそれはいっしゅんのできごとだったし、それにほの暗い月の光で見ただけだから、はっきりしたことはいえないが、モーター・ボートに乗っているのはただひとり、それも若い洋装の女のように見えた。その女はモーター・ボートのハンドルにしがみつくようにして、まっしぐらに川をくだっていったのだ。

船頭もなんだか妙な気がした。

このぶっそうな世のなかに、若い女がただひとり、しかもこの夜ふけに、モーター・ボートを走らせるなんて、なんというだいたんなまねをするのだろう。万一、悪いやつがとびだしてきたらどうするつもりだろう。

〈そうだ、そういえばさっきの悲鳴――あれはたしかにあの女にちがいないが、いったいなにごとが起こったのだろう……〉

そんなことをあれこれ考えながら、またギッチラ、ギッチラ船をこいでいくと、そのときふたたび川上のほうから、ドドドドドッとすさまじいエンジンの音がきこえてきた。

さっきのことがあるから船頭も、あらかじめ用心して、こぐ手をやすめて待っていると、やがてまた、矢のようにすべってきたのは一隻のモーター・ボート。だるま船とすれちがうと、そのまま下流のほうへまっしぐらに走り去っていったが、そのとたん、さすが肝《きも》っ玉《たま》の強い船頭も、ゾーッと頭から冷水をあびせられたような気味悪さを感じた、ということなのだ。

それというのが、そのモーター・ボートに乗っていたのが、なんともいえぬ異様なかっこうをした人物だったからだった。

そのひとはつばの広い帽子をかぶっていた。ダブダブのマントのようなものを着ていた。そして背中を丸くして、ハンドルをにぎっているのだったが、ふしぎなことには、帽子といわず、マントといわず、全身からあやしい光がボーッとさしている。それはまるで、ホタル火のようにぼんやりとした光だったが、それだけにいっそう、なんともいえないほど気味が悪いのである。

しかし、船頭がもっとおどろいたのはその顔だった。つばの広い帽子の下から、チラッとのぞいたその顔は、お能の面のようにつめたくすんで、なんの表情もあらわしていないのだ。

船頭は、なんともいえぬ気味悪さ、恐ろしさで、しばらくは口もきけずにぼんやりと、隅田川の闇をぬって走っていく、そのあやしいホタル火を見送っていた。

追われる少女

船頭の口からもれたとみえて、このうわさはたちまち、隅田川の沿岸のいったいにひろがった。

すると、あの晩ああいうあやかしを見たものは、いまいった船頭だけではなかったとみえて、そういえば私も見た、おれも見たというひとが、あちらからもこちらからも出てきて、たいへんなひょうばんになってきた。

あの気味の悪い夜光怪人は何者であろう。なんのためにあのような異様なかっこうをしているのだろう。いやいやそれにもましてふしぎなのはあの女である。夜光怪人に追っかけられて、必死となって逃げていった若い娘。——あんな恐ろしい目にあったからには、すぐに警察なり、交番なりへとどけて出るのがほんとうだろう。それだのに、その後いく日たっても、そんなことを申し出るものはなかったのだった。ひょっとするとあの娘は、夜光怪人につかまって恐ろしい目にあっているのではあるまいか。それにしてもあの娘は、いったいどこのどういうひとだろう。また、なんだって、あんな気味の悪いやつに追いかけられていたのだろう。

そんなことが口から口へとかたりつがれているうちに、またしても同じようなことが起こったのだ。しかも今度は、水の上の出来ごとではなく、陸の上で起こったことなのである。

それはまえのことがあってから半月ほどのち、三月なかばのことであった。

ある若い会社員が夜おそく青山の権田原《ごんだわら》から、信濃町《しなのまち》のほうへ歩いていた。

どんよりと曇った晩で、空には星もなければ月もなく、左に見える神宮外苑のあたり、黒ぐろと空にそびえる森のなかから、しきりにホー、ホーとなくフクロウの声がきこえてくる。

なんとなくうす気味の悪い晩だなと、若い会社員は肩をすぼめて、足を早めていたが、そのときだしぬけに向こうの角から曲がってきた自動車に、あやうくはねとばされそうになった。

「あっ、気をつけろ」

やっとのことで道ばたへ身をよけた会社員は、ひょいと自動車のほうを見たが、自動車に乗っているのはただひとり、若い女が必死となってハンドルにしがみついているのだ。

女はちらと会社員のほうをふりかえって、あやまるように頭をさげたが、そのままものすごいいきおいで、闇のなかを疾走していった。

会社員はぼうぜんとして、その自動車のうしろを見送った。それというのが、あまりにも乱暴な運転ぶりにおどろいたこともあるが、もうひとつには、ちらとこちらをふりかえった女の顔色というのが、なんともいえぬほど、恐怖にひきつっていたからであった。女の顔色はまっさおだった。目はただならぬ恐怖におびえて皿《さら》のように大きく見ひらかれていた。くちびるはいまにも泣きだしそうにワナワナとふるえていた。

いったい、どうしたのだろう、あの女は……若い会社員は帽子をぬいで、ガリガリ頭をかいていたが、そのときまたもや曲がり角の向こうから、ものすごい自動車のひびきがきこえてきた。

さっきのことがあるものだから、会社員はハッとしていち早く道ばたに身をさけたが、そのとたん、曲がり角からとび出した自動車が、矢のように会社員の鼻さきをとおりすぎていった。

ほんとうをいうとその会社員は、その晩かなり酔っていたのである。しかし、その酔いも、二度目の自動車のなかをのぞいたとたん、いっぺんに吹っとんでしまった。

それというのがその自動車のハンドルをにぎっていたのが、たしかにちかごろうわさのたかい夜光怪人――そうなのだ。ボーッとホタル火のような光をはなつ、つば広帽子、ダブダブのマント、そしてお能の面のような表情のないツルリとした顔――。

会社員もかねてうわさを聞いていたから、ゾーッとふるえあがったが、そのあいだに二台の自動車は、春の夜の闇のなかに消えてしまった。さあこの話が会社員の口からもれたからたまらない。夜光怪人のうわさはいよいよ高くなってきた。

それにしてもふしぎなのはあの女である。若い会社員の見た自動車の娘というのが、モーター・ボートの女とおなじ人物だとしたら、いや、いろいろな点から考えて、同じ人間としか思えないのだが――彼女はあの晩、夜光怪人につかまったわけではなかったことになる。彼女はまだ自由の身なのだ。それだのにどうして彼女は、警察へうったえ出ないのだろうか。いやいや、川の上ならともかく、陸の上にはいたるところに交番がある。ああして逃げまわるより、交番へとびこめばいっぺんにかたがつくはずなのだ。それだのになぜ彼女はそうしようとしないのだろうか。

人間というものは、わけがわからなければわからないほど、妙な不安におそわれるものである。夜光怪人とはいったい何者なのか、そしてまた、あの娘とどういう関係があるのか……それがわからないだけに、ひとびとはいっそうぶきみな気持ちがした。いまに何か、もっとよくないことが起こるのではあるまいか――そんなふうに、恐れおののいているうちにまたしても三度目に、夜光怪人の怪を目撃した人物が出てきた。そしてその人物こそは、これからお話ししようとする物語の、いちやく主人公となったのである。

夜光るイヌ

御子柴進《みこしばすすむ》はこの春、中学の三年生になったばかりの少年である。年は十五歳。しかし、とても十五とは見えない。背も高く、肩幅も広く、実にりっぱな体格をしている。それもそのはず、進は、少年ながらも柔道三段という腕前のうえに、陸上競技では棒高とびの選手なのだ。つまり、これで見てもわかるとおり、進はりっぱな体格をもっているだけでなく、非常に身の軽い少年なのである。しかも、スポーツの得意な少年のなかには、よく勉強のできないものがいるが、御子柴少年にかぎってそんなことはなかった。しかも、中学の一年生から、ずっと成績も一番で通しているのだから、まことにたのもしいではないか。

さて、まえにいったような事件があってから、ひと月ほどのちのこと。すなわち四月なかばのことだった。

進は鶯谷《うぐいすだに》にあるせんぱいの家をおとずれた帰りに、どうしても上野公園をつっきって歩かねばならないはめになった。

時間はすでに夜の九時すぎ。そうでなくてもぶっそうなきょうこのごろ、おとなでもそんな時間に、上野公園を歩いて帰るなんてまっぴらだが、進は平気だった。

昔の武士の子どもはきもだめしとかなんとかいって、よく真夜なかごろに、淋《さび》しい墓場へ出向いていったという話だが、そんなことから考えると、

「上野公園なんて平ちゃらだ」

と、笑ってせんぱいのうちを出た。

四月ごろの天気によくあるように、その晩もどんよりと曇っていた。しかし雲の向こうがわのどこかに月があるとみえて、まっ暗というほどでもない。ゆくてには上野の森が黒ぐろと、鉛色をした空にそびえている。その森の向こうに、五重の塔がつったっているのも見えた。むろんそんな時間だから人影はもちろん、イヌの子一匹見あたらない。まるで墓場のように、さびしい、そしてまた、なんとなく気味の悪い景色だった。

しかし、そのようなことに、恐れをなすような進ではない。せんぱいから借りてきた本をこわきにかかえ、かるく口笛を吹きながら、それでもさすがにスタスタと足を早めていたが、するとそのとき、どこからかイヌのほえる声がきこえてきた。

進はしかし、別に気にもとめず、あいかわらず足を早めていたが、またしても空にうそぶくイヌの遠ぼえ——と、こんどはそれにつづいて、

「あれッ！」

と、ただならぬ女の悲鳴がきこえたから、進も思わず、ギョッとしてたちどまった。声はたしかに森の向こうからきこえてくるのだ。進は五、六歩そのほうへかけだしたが、そのとき、森の向こうからひとつの影が、ころげるようにとびだしてきた。暗がりなの

でよくわからないが、どうやら女のように見える。

進はまた五、六歩そのほうへかけ寄ったが、とつぜんアッと叫んで立ちすくんでしまった。

それというのが女のあとから、なんともいえない異様なものがとびだしてきたからだ。それはどうやらイヌのようだった。

しかし、世のなかに夜光るイヌというものがあるだろうか。いやいや、もしそんなへんてこな怪獣があったら、世界じゅうの学者たちが、大さわぎにさわぎたてるにきまっている。

ところがいま、進の目の前にとびだしたイヌというのは、たしかにあやしい光を全身からはなっているのだ。クワッとひらいたオオカミのような口からは、うずまくようなほのおを吐いている。恐ろしいふたつの目はまるでリンのようにかがやいている。

そういう怪物が、波のようにからだをうねらせながら、女のあとを追ってくるのだから、さすが肝っ玉のすわった進も、思わずゾーッとせずにはいられなかった。

「あれえッ！」

女は叫びながら、木の根にでもつまずいたか、バッタリその場にたおれた。

進はハッと手に汗をにぎったが、幸い女はすぐ起きあがって、こっちのほうへ走ってくる。全身から火をはく怪獣は、あいかわらず、波のように身をくねらせながら、土をけって女の背後からせまってきた。

それを見ると進は、とっさの機転で頭上にはりだしているマツの下枝にとびついた。と、見るやクルリと一転、マツの枝に両足をかけて、ダラリと下へぶらさがった。と、ちょうどそこへかけつけてきたのが、追われる女である。

「はやく、はやく、ぼくの両手につかまって……」

進の声に、女はハッとたちどまったが、上からぶらさがっている二本の腕を見ると、天の助けと思ったのか、パッと下からとびついた。

なにしろえらい力である。進は女のからだを、たぐるようにしてマツの枝へひきあげたが、そのとたん、ザーッと金色の風をまいて、あの恐ろしい妖犬《ようけん》が、ふたりの下を走りすぎていった。あいかわらず、不気味な遠ぼえの音をひびかせながら……。

つぶやく怪人

「もし、もし、しっかりしてください。もうだいじょうぶです。イヌはどこかへいってしまいましたよ」

進が声をかけたのは、それからだいぶたってからのことである。しかし、女の答えはない。進のたくましい腕に抱かれたまま、ぐったりと気をうしなっているのだ。考えてみると、それも無理のないことで、進にたすけられたとたん、そして、イヌが向こうへ走り去るのを見たとたん、急に気がゆるんだものとみえる。

しかし、進は困りはててしまった。

鳥ではあるまいし、いつまでもマツの枝にとまっているわけにはいかない。

そこで進はまた、

「もし、もし、あなた、しっかりしてください。気をたしかに持ってください」

と、もう一度呼んだ。しかし、女のまぶたがピクピクとかすかに動いたきりで、あいかわらず返事はない。

進は、いよいよどうしていいかわからなくなった。

「あなた、あなた、しっかりして……!」

進はもう一度声をかけると、女の肩をゆすぶったが、なんと思ったのか、急にアッと息をのみこんだ。そして、女のからだをかかえたまま、あわてて枝の上に身をふせた。

どこかで、口笛を吹く音がきこえたからだ。ひょっとすると、さっきのイヌの飼い主が、やってきたのではあるまいか……。

ルルルルル、ルルルルル!

口笛の音は森の向こうからきこえてくる。しかも、だんだんこっちのほうへ近寄ってくるのだ。進は息をこらして、じっとマツの枝の上で待っていたが、やがて森を曲がってあらわれた人影を見たとたん、思わずアッと叫びそうになった。

それもそのはずだ。

森の陰からあらわれたその人影は、さっきのイヌとおなじように、これまた全身からあやしい光をはなっているではないか。

夜光怪人！

進もその奇怪なうわさは、まえから知っていた。ちかごろ東京じゅうにあやしい恐怖をまきちらしている夜光怪人——進はにわかにドキドキ心臓が高鳴るのをおぼえた。そうすると、いまじぶんの胸に抱かれているこの女のひとこそ、隅田川で船頭の見かけた夜光怪人に追われている女であろうか……。

あやしい人影はしだいにこちらへ近づいてくる。近づいてくるにつれて、つばの広い帽子や、ダブダブのマントがはっきり見えた。そして、帽子の下に見えるのは、お能の面のようにツルツルとしてとりすました顔——ああこの男こそ、夜光怪人にまちがいはない。さすがの夜光怪人も、そんなところにふたりがかくれていようとは夢にも知らないのだろう。枝の下までくると、立ちどまった。そして、あたりを見まわしながら、しきりに口笛を吹いていたが、やがて、チェッと舌打ちをすると、

「ロロのやつ、どこまで追っかけていきゃがったのだろう」

と、低い声でつぶやいた。

ああ、この声こそ、進がはじめてきいた、夜光怪人の声なのである。それは妙に低いしゃがれた、なんともいえぬ気味の悪い声なのである。

「それにしても……」

こんなところに、きくひとがあろうなどとは夢にも知らない夜光怪人は、またしても

気味の悪い声でつぶやいた。

「藤子《ふじこ》のやつも、今夜という今夜はおどろいたろう。フフフ、これというのもあまり強情をはるからよ。あの大宝庫のありかを、すなおに白状すれば、こんな恐ろしい目にあわずともすむのに……」

大宝庫――と、きいて、進は、思わずハッと胸をとどろかせた。大宝庫とはいったいなんだろう。夜光怪人はいったい何をたくらんでいるのであろうか。

進が、なおも耳をすましていると、

「それにしても、おやじもおやじなら、娘も娘だ。強情なことにかけてはどっちもどっち。……チェッ、おまえたちが白状せぬばかりに、いまに世間じゃ大さわぎをしなければならないのだ。あの大宝庫が手にはいるまでは、おれもいろいろ、金のいることがあるからな」

夜光怪人は、なおもボソボソとしゃべりつづけるかとみえたが、そのとき向こうからきこえてきたのは、またしてもイヌの遠ぼえ。それをきくと夜光怪人は、

「ああ、あんなところにロロが……ロロや、ロロや……」

怪人はあやしい光を闇のなかにはなちながら、走るようにそのほうへいってしまった。もしこのとき、気をうしなった女のひとさえいなければ、進は思いきってマツの枝から、夜光怪人にとびつくこともできたのだ。腕におぼえもあり、まして、相手のふいをつくのだから、夜光怪人をとらえることも、さしてむずかしいことではなかったかもし

れない。しかし、なにをするにも、足手まといとなる女をかかえているのだからむやみなことはできない。

残念ながら、みすみす夜光怪人を、見のがすよりほかにみちはなかったのである。

女が意識をとりもどしたのは、それからまもなくのことだった。

「ああ、あのイヌは……あの恐ろしいイヌは……？」

正気にかえると同時に、サッと女のあたまにひらめいたのは、さっきの恐ろしい思い出とみえる。女は身をふるわせてそうたずねた。

「ああ、その心配ならもういりません。イヌは向こうへいってしまいましたよ」

「ああ、そして、あの……あの……」

女が口ごもっているのを見て、

「あの夜光怪人ですか。ご安心なさい。イヌのあとを追って向こうのほうへゆきましたよ。さすがのあいつも、まさかこんなところに、ぼくたちがかくれていようとは気がつかなかったのですね。ハッハッハ」

進がゆかいそうに笑うと、女もホッと安心したように顔をあげたが、ちょうどそのとき雲がわれて、木の間ごしに月の光がさした。その月光で女の顔を見て、進も思わずアッとおどろいたのである。

いままで、女、女とこの人物を、相当の年配のひとのように書いてきたが、いまこうして近くで見ると、女というよりも少女と呼びたい年ごろである。

年も進とせいぜい二つか三つしかちがわないだろう。つまり、十七歳か十八歳、よくいっていて十九歳というところだろう。それにしては大柄なのと、服装《みなり》が地味なところから、ちょっと見たところでは、まるで一人前のおとなみたいに見えるのである。

〈なんだってまた、こんなおとなみたいな、なりをしているのだろう〉

進はなんとなくふしぎに思ったが、いつまでも木の枝にいるわけにはいかない。それからまもなく少女をおろし、じぶんもヒラリととびおりると、さっきの根もとに投げだしておいた本をひろおうとしたが、そのときふと目についたのは一枚の紙きれだった。

さっきまでこんなものは落ちていなかったのだから、ひょっとすると夜光怪人の落としていったものではないだろうか。

幸い少女は気がつかない。

進は、すばやくそれをポケットにねじこんでしまった。

それからふたりは肩をならべて歩きだしたが、さすがに少女はおびえているらしく、進がなにをたずねても、ろくに答えようともせず、しじゅうオドオドとあたりのようすに気をくばっている。

いや、おびえていることもたしかだが、もしかすると、進の問いに答えたくないために、わざとそんなふりをしていたのかもしれない。

そのしょうこには、それからまもなく山下までおりてきたときだ。一台の自動車がとまっているのを見ると、

「アッ、おとうさまが……！」

と、叫んだかと思うと、少女は自動車のそばへかけよってヒラリとそれにとび乗ると、一言のあいさつもなくあとをも見ずにまっしぐら――進は、あっけにとられて、しばらくそこに立ちすくんでいた。

防犯展覧会

さて、進が上野の森で、奇怪な夜光怪人と妖犬に出会ってから、半月ほどのちのことだった。

東京銀座にある銀座デパートの八階では、防犯展覧会がひらかれていた。

大きな戦争のあったあとでは、どこの国でも犯罪がふえるものである。日本でもその例にもれず、ちかごろめっきり、悪いことをする人間がふえてきたので、どうしたらどろぼうに見舞われずにすむか、どういう用心をしたら、ひとにだまされたり、スリにお金をスラれたりしないでいられるか、と、そういうことを世間のひとびとに知ってもらうために、どこの都会でもときどき、防犯展覧会というのがひらかれる。主催は、たいていその土地の新聞社だが、銀座デパートの防犯展覧会というのも、日本でいちばん発行部数が多いといわれる新日報社《しんにっぽうしゃ》の主催で、これがたいへんな人気だった。

さて、防犯展覧会の三日めにあたる五月の第一日曜日は、おあつらえむきの快晴だったので、銀座デパートはたいへんな人出で、まるでイモを洗うような混雑だったが、そういうひとごみにもまれながら、いましも八階まであがってきた中学生がある。いうまでもなく御子柴進少年だ。

進はポケットから招待券をだすと、スーッと会場へはいっていったが、すると受付にすわっていたひとりの若い男が、

「やあ、進くん、よくきたね。きょうはたぶんくるだろうと思って、さっきから待っていたよ」

と、にこにこしながらそばへよってきた。

「ああ三津木《みつぎ》さん、招待券をありがとうございました」

「なあに、きみに招待券を贈るのはあたりまえだよ。だって夜光怪人のことを教えてくれたのはきみだからね」

「それにしても、夜光怪人は、たいへんなひょうばんですね」

「うん、おかげで実物そっくりにうまくできたよ。それで、ぜひきみに見てもらいたいと思ってね。たぶん、実物そっくりだと思うんだ」

「ええ、ぼくもぜひ見せてもらいたいと思っています」

こんな話をしながら、青年と進は、ほかの見物人にまじって会場を見てまわった。

この青年は新日報社の花形記者で、三津木俊助《しゅんすけ》。花形記者というのは新聞社内でも若手でしかも腕利きの記者のことをいうのだが、かれこそは、そのことばがいかにもぴっ

たりあてはまりそうな人物だった。

年はたぶん三十四、五歳だろう。色の浅黒い、キリリとひきしまった顔、スポーツできたえあげたたくましいからだつき、それにことばつきもキビキビしているから、はたから見ても胸のすくような気持ちのよい人物である。

かれの得意とするところは、犯罪事件の解決で、その方面にかけての腕前は、本職の刑事や探偵《たんてい》でも舌をまいておどろくくらい。いままでにも世間をさわがせた大事件や怪事件を、もののみごとに解決して、アッとひとびとをおどろかせたことも少なくはない。だからちかごろではなにか変な事件が起こると、三津木俊助はどうしているかと、世間のひとびとはいちように、新日報社を注目するくらいである。

進がどうしてこのようなえらい新聞記者を知っているかというと、まえに一度、進の身に、妙な事件が起こったとき、三津木俊助がもののみごとに解決したことがあるからなのだ。そのとき進も三津木俊助の片腕となって働いたので、それ以来、ふたりは兄弟もおよばぬ親密な仲になったのだった。

だからこんども上野の森で、あの奇怪な夜光怪人に出会うと、進はすぐそのことを、三津木俊助に話した。その話からヒントを得て、俊助はさっそく防犯展覧会の会場に、夜光怪人の一場面をくわえたのだが、がぜん、それが大ひょうばんになって、こんどの展覧会のハイライトになったというわけだったのである。

「なにしろね。きみのほかにも夜光怪人を見たものはあるのだが、みんなこわいのがさきに立って、どういうすがたをしているか、どういう顔をしているか、くわしく観察したものはひとりもいないのだ。それをはじめてきみが、上野の森でくわしく見ておいてくれたものだから、やっと今度の呼び物が出来たというわけだ。さあ、こんどがいよいよ夜光怪人の場面だよ」

なにしろこの展覧会を見るほどのひとは、みんなこの夜光怪人が目あてなのだから、そのへんはことにたいへんな混雑である。そのひとごみのなかにまじって、三津木俊助と進は、少しずつまえへ押されていったが、そのうちになにを思ったのか、

「アッ!」

と、進が叫ぶと、思わず俊助の腕をにぎりしめた。

人魚の涙

「ど、どうしたの、進くん、なにかあったの?」

「三津木さん、あのひとです、あのひとです。ほら、いま向こうへゆくお嬢さん……!」

そのへんは、ことに混雑を考えて通路の中央に青竹をわたして、出るひとの道をわけてある。

いま進が指さしたのは、青竹の向こうの出口の道をひとにもまれていく少女のうしろすがただった。

「あのお嬢さんがどうかしたの。きみの知ってるひとなの？」

「ほら、このあいだお話ししたでしょう。上野の森で……夜光怪人に追っかけられていたお嬢さん……」

「アッ！」

と、叫ぶと三津木俊助は身をひるがえしてあとを追おうとしたが、なにしろまえにもいったとおり、たいへんな混雑で、見物人があとからあとからと押しかけてくるので、身動きもできない。

「おい、だめだ、だめだ。こっちは入り口じゃないか。出るなら向こうの通路から出たまえ」

あとから押しよせてくる見物人にどなられて、

「やあ、失敬、失敬！　さあ、進くん、この青竹をくぐって向こうへ出よう」

このさわぎにさっきの少女はなにげなく、ひょいとこちらをふりむいたが、とたんに進と、ピタリと視線があったからたまらない。

「アッ！」

向こうでも進の顔をおぼえていたにちがいない。かすかに叫ぶとひとをかきわけ、泳ぐようなかっこうで足を急がせる。あいにく俊助たちのいるへんとちがって、そのへんはもうだいぶひともまばらになっているので、行動もわりに自由なのだ。俊助と進が青竹をくぐって、やっとそこまでかけつけてきたときには、少女のすがたは影も形も見えなかったのだった。

「進くん、たしかにこのあいだのお嬢さんにちがいなかった？」

「ちがいありません。向こうでもぼくの顔を見て、びっくりしていたようですもの」

「うむ、するとやっぱり夜光怪人の見世物が気になって見にきたのだね。しかし、なぜ、あんなに逃げかくれするのだろう？」

「それはぼくにもわかりません。なにか深いわけがあるのでしょう。三津木さん、もう少しそのへんを捜してみましょう」

「よし」

会場のところどころには、新聞社のひとが説明役として立っている。俊助はそのひとたちに、少女のことをきいてまわったが、だれもおぼえている者はない。それにこの会場というのは、いろんな参考資料が陳列してあって、まるで迷路みたいになっているのだ。

しかも、その迷路のなかには、夜光怪人のように、ひとをいっぱい引き寄せているところもあるが、そうかと思うと、てんでひとのよりつかぬ場所もある。

俊助と進は、そういう迷路をつきぬけて、とうとう会場の出口までひきかえしてきたが、そこでもそのような少女が出ていったかどうか、おぼえている者はいなかったのだ。

「進くん、とうとう逃がしてしまったよ。ところできみどうする？　もう一度ひきかえして夜光怪人を見る？」

「ええ、ぼく、見たいと思いますよ」

ふたりはまた、いまきた道をひきかえして、呼び物の夜光怪人のほうへいった。そこはあいかわらず、いっぱいのひとだかりだったが、今度はなんの故障もなく、呼び物の夜光怪人の前に立ったが、そのとたん進は、なんともいえぬ気味悪さに、思わず、アッと息をのんだのだった。

夜光怪人——それは生き人形なのである。しかし、なんとじょうずに出来た人形だろう。

深夜の上野の森を背景として、疾走する怪人と妖犬。上野の森をそのままここへ持ってきたかと思われるほど、真にせまった背景と照明のなかに、全身からあやしい光を放つ等身大《とうしんだい》のひととイヌ。つばの広い帽子といい、ダブダブのマントといい、また、あのお能の面のようにツルツルとした顔といい、あの晩、進が木の上から見た、夜光怪人にそっくりといっていいほど、よくできているのだ。

進は、あまりの気味悪さに、息もつかずに見とれていたが、それを見ると三津木俊助は、にっこり笑って、

「どうだね、進くん、似ているかね」

「似ているどころではありません。そっくりそのままです。とても人形とは思えません。ぼくはなんだか気味悪くなった」

「アッハッハ、それをきいて安心した。これをここへかざったのも世間の注意をうなが

したいからだよ。つまり、いま世間をさわがせている夜光怪人の正体はこのとおりだ。だから、こういうかっこうの人物を見たら、いちおう念のために、警察か交番へ知らせるようにと、それがこの生き人形の目的なんだよ。だから、少しでもまちがったところがあると困るんだ」

「だいじょうぶです。そっくりそのままです」

それからまもなく、ふたりは、夜光怪人のそばをはなれたが、ちょうどそのとき、会場のあちこちに立っている若い新聞記者のひとりが、俊助のすがたを見て、つかつかとそばへ寄ってきた。

「三津木さん、あなたでしたね。さっき娘さんのゆくえを捜していたのは?」

「ああ、そう。あのお嬢さんが見つかったの?」

「いえ、そうじゃありませんが……向こうの盗難予防装置の説明をうけもっている女の子が、こんなものをことづかったのだそうです。相手はなんでも、十七、八歳のかわいいお嬢さんだったそうですが、あとから若い男のひとと、中学生のふたりづれが、わたしのことをきいてくるかもしれないから、そのひとにこれを渡してくれって……」

三津木俊助はびっくりして、進と顔を見合わせた。

「それでどうしたの、そのお嬢さん」

「なんでも、それを女の子に渡すと、逃げるように立ち去ったということですよ」

俊助が渡されたのは、細かく折った紙きれだった。ひらいてみると、手帳をやぶった

紙きれの上に、ボールペンの美しい女文字で、

『人魚の涙に気をつけてください。夜光怪人がねらっています』

と、ただ、それだけ。

進はしかしそれを見ると思わず、アッと顔色をかえずにはいられなかった。

真珠王

「三津木さん、そのことについては、ぼくにも思いあたることがあるんです」

それからまもなく会場を出て、すぐそばの喫茶室へはいった進は、紅茶をすすりながらこうふんに目をかがやかせていった。

「このことは、まえにお話しすればよかったのですが、ひょっとすると、夜光怪人となんの関係もないことかも知れないと思ったものですから、わざといままでひかえていたのです。三津木さん、見てください。これです」

進がポケットからとりだしたのは、小さな一枚の紙きれだった。俊助が手にとってみるとそれは新聞の切り抜きで、つぎのような記事が書いてあったのである。

近く銀座デパートの八階で開催される貿易促進展覧会には、日本の重要な輸出品があらかた出品されることになっているが、そのなかでもいちばん注目をひくと思

われるのは、真珠王小田切準造《おだぎりじゅんぞう》氏の出品する数十連の真珠の首かざりである。

小田切氏はこの首かざりを持って、銀座デパートの八階に夢の世界をつくってみせるといっているが、そのなかでもすばらしいのは『人魚の涙』と呼ばれる一連の首かざりだ。この首かざりは天の七星《しちせい》になぞらえて、とくに大きな粒よりの真珠七個をとりまいて、百数十個のいずれおとらぬ上質の真珠をちりばめたもので、世界でも珍しく、時価どのくらいするかわからぬといわれている。


三津木俊助は思わず鋭い目を光らせた。

「進くん、きみはこの切り抜きをいったいどこで手に入れたの？」

「このあいだの晩、上野の森のことです。夜光怪人が立ち去ったあと、木の上からおりて見ると、その切り抜きが落ちていたのです。ぼくはなんだか気になったのですが、夜光怪人が落としていったというしょうこはありません。ひょっとすると、まえからそこに落ちていたのかもしれないと思って、わざときょうまでだまっていたのです。

ところがきょうの新聞を見ると、いよいよ貿易促進展覧会がひらかれ、『人魚の涙』や、ほかの首かざりも出品されるという記事が出ていたものだから、ぼく、なんだか心配になって……それであなたに、ご相談しようと思って、切り抜きを、持ってきたんです」

三津木俊助はしばらくその切り抜きと、さっき若い記者から渡されたあのふしぎな手紙を見くらべていたが、やがてにんまり笑うと、

「なるほど、すると夜光怪人はまえから『人魚の涙』に目をつけ、それが貿易促進展覧会に出品されるのを待っていたというんだね」

「そうです、そうです」

「そして、さっきのお嬢さんは、それを知っていて、われわれに警告してきたというわけか」

「そうです。三津木さん、それにちがいありません」

「しかし、それならばあのお嬢さんは、なぜ、警察へとどけ出ないのだ。なぜぼくみたいな者に知らせてきたのだろう？」

「さあ……？」

進もそういわれると、つまってしまった。

そればかりは進にも、わからない問題である。俊助も気がついてにっこり笑うと、

「いや、これはぼくが悪かった。進くんを責めたところでしかたがない。よし、それじゃこれから貿易促進展覧会をのぞいて見ようじゃないか」

貿易促進展覧会というのは、銀座デパートのおなじ八階で、きょうからひらかれたばかりである。

つまり、銀座デパートの八階は、いまふたつにわかれて、いっぽうには防犯展覧会、もういっぽうには貿易促進展覧会がひらかれているわけなのだ。このほうも小田切老人の真珠の首かざりが呼び物になって、たいへんな混雑だったが、その真珠の前に立った

ときには、さすがの俊助も思わずウーンとうなってしまった。

そこにはまるで、大きな鳥かごのように、鉄格子のオリが置いてあった。オリの大きさは二十畳じきくらい、そしてオリのなかは、それこそ真珠でえがいた夢の世界なのである。

まず中央にはシンチュウでつくった等身大の平和の女神が両手を高くさしあげていたが、その両手に持っている首かざりこそ、あの有名な『人魚の涙』なのだ。オリの外からながめても、その首かざりは、あるいは青く、あるいは赤く、あるいは紫色に光っていて、それはまるで夢の国の七色の虹《にじ》のように、なんともいえぬ美しいながめなのだった。

さて、その女神をとりまいて、十数人の羽のはえた天使《エンジェル》が、あるいは足もとに、あるいは肩のあたりに嬉々《きき》としてたわむれているのだが、その天使の首や手首に、二重にも三重にもまきついている首かざり。……オリをとりまく見物人ちゅう、ひとりとしてためいきをつかぬものはなかった。

「おい、きみ、見たまえ、あれが『人魚の涙』だよ」

「そうだ、あれが『人魚の涙』だ」

「すばらしいね」

「すばらしいなあ」

「ほかの首かざり全部ひっくるめても、あの『人魚の涙』ひとつにおよばないんだって」

「うん、そうだよ。何しろいまの相場にして、どのくらいするかわからんそうだからね」

オリの外では見物人が口ぐちにそんなことをささやいている。なかには破れるものならオリを破って、『人魚の涙』を持って逃げたいというような顔つきをした、ぶっそうな人物もいる。しかし、どうしてどうして、太い鉄格子を破るなどとは思いもよらない。また入り口のドアにも、大きな南京錠《なんきんじょう》ががっちりとかかっているから、それをひらくなどとはとてもできない仕事なのだ。

なるほど、これはよく考えたものだ。こうしておけばよもや盗難にかかることはあるまいと俊助もひとまず胸をなでおろしたが、いやいや、相手はなんともえたいの知れぬ夜光怪人だ。どのような妖術《ようじゅつ》をつかって、このオリを破らぬものでもないと、またぞろ心配になってきたおりから、会場係に案内されて、やおらオリのそばへ近づいてきたふたりの人物があった。

先に立ったのは白髪の上品な老人である。俊助はその顔を見ると思わず、ハッと目をかがやかせた。俊助はその老人の顔を、いくどか新聞や雑誌の写真で見たことがあるのである。

そのひとこそ、天下にかくれもない真珠王、あの『人魚の涙』の持ち主である小田切準造老人なのだった。それにしても連れの男は何者だろう。

トランクの物音

「ああ、あなたが三津木俊助さん、いやご高名はうけたまわっております。すると、夜光怪人が『人魚の涙』をねらっているとおっしゃるのですな」

そこは会場わきにある事務室のひとすみだった。小田切準造は三津木俊助から、ちょっと話があるからと声をかけられ、ここへ俊助や連れの男を連れこんだのだが、さすがは真珠王といわれるほどの人物である。俊助からいちぶしじゅうの話をきいても、顔のすじひとつかえない。そばには、連れの男が無表情な顔でひかえていた。

「そうです。だから、よくよくご用心なすって、せめて夜分だけでもあの首かざりを、金庫のなかへでもおさめておかれたら……と、そう思ってご忠告申しあげるわけです」

「なるほどご忠告は感謝します。しかしねぇ、三津木さん」

小田切老人はあいかわらずおちついた口調で、

「わたしだってあれだけの品物を人前にさらす以上、まんざら用心していないことはありません。夜光怪人とはちと意外でしたが、いずれは欲に目のない連中にねらわれるのはかくごのうえで、わたしはわたしなりに、かなり用心しているつもりですがねえ」

「用心とは……？」

「いやそれはいえません。これはわたし以外に、ぜったいにだれも知らない秘密ですからね」

　小田切老人はにっこり笑って、

「あなたはいま、せめて夜分だけでも金庫のなかにしまっておいたらとおっしゃった。しかし、その金庫を破られたらどうなりますか。心配しだしたらきりのないことで、どこにも安全な場所というものはなくなるわけです。わたしにとってはあのオリは、金庫以上に安全な場所なのです。まあ、見ていてください。夜光怪人であろうとだれであろうと、あの首かざりに目をつけたが運のつき、きっとつかまってしまいますよ、アッハッハ！」

　小田切老人はこともなげに笑った。いかにも自信ありげなその態度に、俊助と進は思わず顔を見合わせた。

　進は心のなかで、なんという強情なおじいさんであろう、そんなことをいって、いまに後悔しなければよいがと、ハラハラするような気持ちである。

「いや、せっかくのご好意を無にするようではなはだあいすまぬわけですが、どうぞ悪しからず……そうそう、ご紹介しておきましょう」

　と、小田切老人は連れの男をふりかえって、

「これも、わたしがいかに用心をしているかというひとつのしょうこですが……こちら黒木《くろき》一平《いっぺい》さん、たぶん名まえはご存じだろうと思いますが……黒木くん、こちらが有名な新日報社の三津木俊助くんだ」

紹介されて三津木俊助、思わず、アッと口のなかで叫んだ。いままで一度も会ったことはなかったが、黒木一平というのは、戦後メキメキと売りだした私立探偵、丸の内にりっぱな事務所をかまえて、その名は、天下にかくれもないという名探偵なのだった。

「いや、これはこれは……知らぬこととて失礼いたしました。それではあなたがこの事件を？」

「いや、まだ事件が起こったわけではありませんが、念のために真珠の見張りをしてくれとたのまれまして……まあ、いわばオリの番人ですな」

黒木探偵というのは年のころ四十五、六歳で、顔もからだもほっそりしているところへ、シルクハットにモーニングというういでたちだから、いっそう背が高く見える。そしてぴんと高い鼻に、片めがねをかけ、片手に気のきいた細身のステッキをにぎっているところは、どうしてどうして、俊助などのおよびもつかぬりっぱな紳士なのだった。

「いや、あなたのようなりっぱなかたが、ついていてくだされればだいじょうぶ。いろいろつまらないことを申しました」

「そう、わたしもね、黒木くんがこころよくひきうけてくれたので安心しているのです。おや！」

と、小田切老人は時計を見て、

「もう、こんな時間か。デパートはもう、しまってしまったな。それじゃわたしは失礼しよう」

「ああ、それじゃ、われわれも……」

と、俊助も小田切老人につづいて立ちあがろうとすると、なにを思ったのか黒木探偵が、

「いや、三津木さんはもう少しここにいてくださいませんか。夜光怪人があの首かざりをねらっているというのはわたしも意外です。これはぜひとも、あなたにも助けていただきたいと思いますから……」

と、ひきとめられて三津木俊助、とうとうそのまま、進とともに、そこにいのこることになったが、ちょうどそのころ、おとなりの防犯展覧会のなかでは、ちょっと変なことが起こっていた。

見物人がみんな出てしまったあと、係の者が窓をしめ、いちおう場内を見まわってたち去ると、会場のなかは、にわかにシーンと、墓場のようにうす気味悪くしずまりかえってしまった。

それもそうだろう。なにしろ場所が防犯展覧会だから、かざってあるものといっては、ものすごいものばかりなのだ。血みどろになった人殺しの場面の写真や、凶悪な人相をした犯人の人相書き、さてはまた犯人の使ったピストルや短刀など、そばにおおぜいひとがいるからこそ見られるのだが、ひとりでは、とても気味悪くて歩けたものではない。

ところがそういう会場の片すみに、大きなトランクがひとつ置いてあった。それはなんとかいう悪い男が、ひとを殺して、死体をそのなかへつめて汽車で送ったという、恐

ろしいいわくつきのトランクなのである。

あたりはシーンとしずまりかえって、針ひとつ落ちてもひびきわたりそうなしずけさ……と、ふいにそのしずけさの底から、どこかでコトリと小さな物音がした。それからまた、しばらくたって、ゴソゴソとかすかな物音……アッ、どうやらその物音は、あの恐ろしいトランクのなかからきこえるようなのだ。……と、思うまもなく、トランクのふたが、なかからソッとひらかれた。五センチ……十センチ……十五センチ……すきまがだんだん大きくなってきたかと思うと、やがてなかからニューッと一本の手が出てきたではないか。しかも、白い、しなやかな女の手が……。

怪人出現

防犯展覧会の会場にかざってある、あの不気味な殺人トランクのなかから、ニューッと出てきた一本の腕が——いったい、それはだれだったのだろうか。白い、しなやかな女の手——その手の持ち主ははたして何者だったのだろうか。

話かわって、こちらはおとなりの貿易促進展覧会の会場である。

小田切老人の、あの真珠の首かざり『人魚の涙』をかざってあるオリの周囲には、コウコウと電燈がついている。会場のほかの部分はまっ暗だのに、そこだけは明るい電燈に照らされて、まるで昼間のようだから、なるほどこれではだれひとりとして、うっかりオリのそばへ近づくことはできない。

よくたとえに待たるるとも待つ身になるなというが、まったくそのたとえのとおりで、ひとを待つほどじれったいことはないものだ。ことに今夜の三人は、はたして夜光怪人が、やってくるのかこないのか、それからしてハッキリしていないのだから、じれったいことこのうえなしである。そこは子どもの進少年、はじめのうちこそ大ハリキリにハリキッていたが、だんだんつまらなくなってさっきからしきりに生あくびをかみころしている。

そのオリを真正面にながめる例の喫茶室は、いま電燈が消えてまっ暗だが、その暗闇《くらやみ》のなかに三つの影が、さっきからもくもくとしてうずくまっていた。いうまでもなくその三人とは三津木俊助に黒木探偵、そしていまひとりは進少年。三人は息をころして、なにごとかが起こるのを待ちうけているのだ。

そのうちに時刻はしだいにうつって、どこかで鳴りだした時計の音、たぶんデパートのなかにある時計売り場の時計だろう。ボーンボーンと鳴りだしたが、するとほかの時計も、われおくれじとチーンチーン、また少しおくれてカーンカーン、ひとしきりボーンボーン、カーンカーン、チーンチーン、チンチン、カンカンと、がらんとしたデパートの壁から壁へとひびきわたって、いや、もうそのさわがしいこと。

しかしそれもしばらくの間で、やがてぴったり鳴りおわると、あとは墓場のようなしずけさ。ひとしきり時計の音がさわがしかっただけに、あとの淋《さび》しさが身にしみるのだ。

いまの時計はどうやら十時を打ったようだった。

——と、そのときである。どこやらでカタリとかすかな物音。何しろ針の落ちる音でもきこえそうなしずけさだから、その物音が異様に高く耳にひびいて、進はサッと緊張をした。

物音はそれきりとだえて、あとはまた墓場のようなしずけさだったが、そのうちにまたカタリという音、つづいてカタカタ……ああ、もうまちがいはない。たしかにひとの足音なのだ。進ばかりか、三津木俊助と黒木探偵もまたキッとして身がまえた。

デパートにはガードマンがいて、二時間おきに一階から八階まで、順ぐりに調べて歩くことになっている。

ひょっとするとあの足音はガードマンではないだろうか。いやいや、ちがう。ガードマンがあんなに用心ぶかく、足音をしのばせて歩くはずがない。しかも、その足音は防犯展覧会のなかからきこえてくるではないか。

ふいに進は、あわてて、両手で口を押さえた。もう少しのところで、アッと叫びそうになったからである。

見よ、向こうの暗闇のなかに、だれかがじっとうずくまっているではないか。いやいや、だれかなどとあいまいなことばをつかうまでもない。

暗闇のなかにボーッと光を放つ夜光マント、つばの広い夜光帽——夜光怪人でなくてだれだろう。ああ、やっぱりやってきたのだ。オリのなかの真珠をねらって、夜光怪人がやってきたのである。

進は手に汗をにぎって、ブルブルとしきりにふるえた。こわいからではない。ぞくにいう武者ぶるいというやつなのだ。三津木俊助と黒木探偵が、キッと緊張したことはいうまでもない。

夜光怪人は暗闇のなかにうずくまって、しばらくジッとあたりのようすをうかがっていたが、やがてツツーとすべるような足どりでオリのそばへ近寄ると、いつのまに用意していたのだろう、大きな合いカギをとりだすと、ガチャリと南京錠をはずして、かんたんにオリのなかへはいっていった。

女神の両腕

「アッ、三津木さん、いまです。いまです。いまのうちにとびだして、夜光怪人をとらえてしまいましょう」

低い声で叫んで進は、まるでえものをみつけた猟犬のようにはりきったが、横からがっちりその手をとらえたのは黒木探偵だ。

「しっ、しずかに！」

と、押さえつけるような声で、

「もう少し待っているのだ。どんなことが起こるか、もう少しここで見ていよう」

「そうだ、進くん、もうしばらくようすを見ていたまえ。さっき小田切老人がいったじゃないか。あの真珠に手をかけた者は、夜光怪人であろうとなかろうと、かならずつかまってしまいますと、……なにか仕掛けがしてあるにちがいない。しばらくようすを見ていよう」

そんなことと知るや知らずや、オリのなかの夜光怪人は、ほかの真珠には目もくれず、ツツーとすべるような足どりで、『人魚の涙』に近づいた。コウコウたる電燈の光を身にあびて能面のような顔がテラテラと光っている。それに反して夜光マントや夜光帽はぎゃくに光をうしなって、いまではただのマントと帽子なのだ。

やがて夜光怪人は、『人魚の涙』をささげている、女神の腕にすがりついた。そして首かざりに手をかけた。

と、そのときなのだ。世にも奇怪なことが起こったのは……。

いままで空中に静止していた女神の腕が、オノをふりおろすようにサッとくだると、やにわに夜光怪人の首根っ子をとらえたのである。

「アッ！」

鋭い叫びが、怪人の口をついてとびだした。ジタバタと手足をもがいて、女神の腕からのがれようとした。しかし、がっちりと首をとらえた女神の腕は、ちょっとやそっとではなれるものではない。怪人がもがけばもがくほど、あばれればあばれるほど女神の腕はますます強く、怪人ののどに食いこんでいく。

まるでクモの巣にひっかかったハエのように、怪人はしばらく手足をバタバタさせていたが、やがて、

「あ、あ、あああ……!」

と、奇妙なうめき声をあげると、ぐったりと、女神の腕のなかで気をうしなってしまった。するとどうだろう。

いままでがっちり怪人の首をとらえていた女神の腕が、しだいに上にあがっていくと、やがて以前とおなじかっこうで、ぴったり空中に静止したのだ。と同時に女神の腕からはなれた怪人は、まるで骨を抜かれたように、ヘタヘタと、その場にくずれてしまった。

さっきから、それらのようすのいちぶしじゅうを見ていたこちらの三人は、思わずウームとうなった。

「なるほど、すばらしい仕掛けですね。あの首かざりに手をかけると女神の腕がさがって、まえに立っている人物の、首をしめるようになっているのですね」

なるほどこれでは小田切老人が、あのように自信を持っていたのもむりはないと、俊助はすっかり感心してしまった。

「いや、おどろきました。これじゃ別にわれわれが、見張りをしていることもいらなかったわけですね」

黒木探偵も小田切老人のこの仕掛けに、すっかりおどろいているようである。

「いや、そうではありませんよ。怪人はまさか、あのまま死んだわけではありますすまい。

きっと気をうしなっているだけのことですよ。だから、ある一定の時間がきたら、息を吹きかえすにきまっています。息を吹きかえしたら、また逃げだすにきまっていますから、やっぱりだれかが、張り番をしている必要があったわけです」

「なるほど、そうおっしゃればそうですね。じゃあ、怪人が息を吹きかえさぬうちに、手錠をかけてしまいましょう」

三人は喫茶室からとびだしたが、そのとき進は、なんとなく妙な気がしてならなかったのだ。

それというのが、すべてがあまりにあっけなかったからだった。夜光怪人ともあろう者が、あまりにもたあいなくつかまってしまったので、なんだかひょうし抜けがすると同時に、ひょっとすると、いま目のまえに見たできごとは、夢かまぼろしか――とにかく真実のできごとでないような気がしてならなかったのである。

ああ、進のこういう予感はあたっていた。

それからまもなく、オリのなかへとびこんで、気をうしなった夜光怪人を抱き起こし、あの奇妙なお能の面をとったとき、三人のくちびるから、いっせいに、

「アッ！」

と、いう鋭い叫び声がもれた。それもそのはずである。お面の下からあらわれたのは、大の男と思いきや、花もはじらうあの美少女――きょうの午後、防犯展覧会で出会った少女だったではないか。

オリの内外《うちそと》

「こ、これは……！」

これには俊助も、進もあいた口がふさがらなかった。

むろん、このかわいらしい少女が、夜光怪人であるはずがない。いやいや彼女は、夜光怪人が『人魚の涙』をねらっていると、わざわざ注意してくれたくらいではないか。それだのになんだって、夜光怪人に化けて『人魚の涙』に手をかけようとしたのだろう。謎《なぞ》だ。何もかも謎なのだ。いったいこの少女は何者なのだろうか。

俊助と進のようすを見ると、黒木探偵はあやしむように、

「あなたがたは、この少女をご存じなのですか？」

と、たずねた。

「いや、そういうわけではありませんが、あまり意外だったものですから……ときに、そのお嬢さんは、まさか死んでいるのではないでしょうね？」

「それはだいじょうぶです。ちょっと気をうしなっただけです。まもなく息を吹きかえすでしょう」

黒木探偵はそういいながら、キョロキョロとあたりを見まわしていたが、

「ところで『人魚の涙』はどうしたのでしょう。たしかにさっきまで、女神の指にかか

っていたが……」

「えっ、『人魚の涙』がありませんか。どこかそこらに落ちているのではありませんか。進くん、きみもひとつ手伝って捜してくれたまえ」

三人はキョロキョロあたりを見まわしたが『人魚の涙』はどこにも見あたらない。気をうしなっている少女を起こして、その下まで捜したが、やっぱり首かざりはない。

三人は思わず顔を見合わせた。

「どうしたのでしょう。このお嬢さんが女神の腕にとりすがって、首かざりに手をかけたところまではおぼえていますが、それからいったいどうしたのか……」

「ないはずはありません。どこかそこらにあるはずです。だれもこのオリから出た者はないのですから」

黒木探偵と俊助は、ふしぎそうな顔をして、なおもオリのなかを捜していたが、そのときだった。……進がけたたましい叫び声をあげたのは……。

「アッ、三津木さん、ありました。ほら、あんなところに落ちていますよ」

進が指さしたのは、オリの外の床だった。なるほどオリから二、三メートルほどはなれた外の床に、ぞろりと8の字をえがいているのは、まぎれもなく『人魚の涙』、あの光りかがやく首かざりである。

「なあんだ、あんなところへとんでいたのか。なるほど、このお嬢さんが首をしめられてもがくはずみに、手に持っていた首かざりが、あんなところへとんだのだね。よし、じゃあぼくがとってこよう」

俊助はつかつかとドアのそばへ寄って、ノブに手をかけたが、オヤとふしぎそうに首をかしげた。それからガチャガチャとしきりにドアをゆすぶっていたが、どうしたものかオリのドアはびくともしない。

「はてな、どうしたのだろう？」

「三津木くん、どうかしましたか」

「どうも変です。ドアがあかないのです。……アッ、南京錠がかかっている！」

「そ、そんなばかな！　だれも錠をおろすはずがないじゃありませんか……アッ！　こりゃほんとに錠がおりている！」

三津木俊助と黒木探偵、それから進の三人は、いっしゅんハッとしたようにたがいの目のなかをのぞきあった。

ああ、だれがいつのまに、この錠をおろしていったのだろう。

それはたぶん、三人が夢中になって首かざりを捜しているあいだのことにちがいないが、それにしても、だれがなんのために……。

と、そのときだった。

「フ、フ、フ、フ！」

と、低い、あざけるような笑い声。

「フ、フ、フ、フ！」

シーンとしずまりかえったビルディングの底から、わきあがるような不気味な笑い声。三人はギョッとしてそのほうをふりかえった。それからはじかれたようないきおいで、オリの後部へ走った。

と、オリの向こうの床の上から、ゆうゆうと立ちあがった黒い影……。

「アッ、夜光怪人！」

進はオリの鉄柵《てっさく》にすがったまま、思わず大声で叫んだ。ああ、まちがいはない。ツルツルとしたお能の面のような顔、つばの広い帽子、ダブダブの大きなマント。それこそまぎれもない夜光怪人。しかも夜光怪人の指先には『人魚の涙』がぶらさがっている。

夜光怪人はゆうぜんとして、その首かざりを上着のポケットにしまいこむと、

「フ、フ、フ、フ、フ！」

またしても気味悪いあざ笑いの声をあげ、ペコリと一同にお辞儀をすると、ネコのように足音のない歩きかたで、オリのそばをはなれた。

「フ、フ、フ、フ、フ、フ、フ、フ！」

とうす気味悪いあざ笑いが、いつまでもいつまでもつづいていた。

追われる怪人

そのときの三人のくやしさは、筆にもことばにもつくせなかった。

「おのれ、おのれ、夜光怪人、待て！」

黒木探偵は鉄柵にとりすがり、じだんだふんで叫んだが、外から錠をおろされては、カゴのなかの鳥も同然、目の前に夜光怪人のすがたを見ながら、どうすることもできないのだ。

だが、そのときだった。進がハッとあることを思いだした。

「三津木さん、あのお嬢さんが南京錠のカギを持っているはずです。早く、早く！」

ああ、そうだった。さっき、この少女は、自分の合いカギでもって、あの南京錠をひらいたではないか。そのようなかんたんなことを、どうしていままで忘れていたのだろう。三津木俊助も黒木探偵も、あまり意外なできごとの連続に、うろたえすぎていたのかもしれない。

気をうしなっている少女のからだをさぐると、すぐにカギが見つかった。鉄格子のあいだから手をのばした三津木俊助は、そのカギでガチャリと南京錠をひらくと、三人はなだれのようにオリの外へとびだした。

「夜光怪人、待て！」

ちょうどそのとき夜光怪人は、階段の上までさしかかっていたが、おりからそこへあがってきたのはガードマンである。しかもこれがふたり連れだから、夜光怪人もハッとその場に立ちすくんだ。

うしろからは黒木探偵に三津木俊助、それに、進の三人が、ひとかたまりになって進

んでくる。前にはふたり連れのガードマンが、これまた夜光怪人のすがたを見つけたのだろう。呼《よ》び子《こ》を口にあてると、

「ピリピリピリ……」

夜のデパートの内部をつらぬき、鋭い呼び子の音がとどろきわたった。

夜光怪人は進退ここにきわまったかたちだった。

「チェッ！」

怪人は舌打ちをすると、マントのすそをひるがえし、サッとかたわらの防犯展覧会のなかへとびこんだ。

「それ、防犯展覧会のなかへとびこんだぞ！」

七階からあがってきたふたりのガードマンと、あとから追ってきた三人は、展覧会の入り口で、ほとんど鉢合《はちあ》わせをしそうになった。

「いったい、なんです、いまのやつは……？」

ガードマンはびっくりしたように、俊助や黒木探偵にたずねた。

「きみたちは知らないのかい、あれがいまひょうばんの夜光怪人じゃないか」

「え、や、や、夜光怪人……？」

ふたりのガードマンは、にわかにガタガタふるえだした。これではガードマンのねうちはない。

しかし、ちょうど幸い、そこへ呼び子の音をききつけて、ほかの五、六人のガードマ

ンがドヤドヤと下からあがってきた。

「おい、ど、どうしたのだ。なにか変わったことがあったのか？」

「変わったも変わったも大変わりだ。夜光怪人だとよう」

「な、な、なに、夜光怪人がどうしたのだ」

「夜光怪人がしのびこんだらしいんだ。そしていま、この防犯展覧会のなかにとびこんだから、みんな手をかせと、こちらのだんながたがおっしゃるんだよ」

「この展覧会のなかへ夜光怪人が……」

なかには二の足をふむ者もある。また一方には、

「そりゃ、おもしろい、ここへはいったら袋のなかのネズミもおなじだ。みんな手をかして、ひっくくってしまおうじゃないか」

と、勇ましい者もある。

「やあ、ありがとう。それじゃこうしよう。この展覧会のなかときたら、まるでクモの巣のように道が入りくんでいるから、ふたりずつで組になって、手わけして捜すことにしよう。進くん、きみはぼくといっしょにきたまえ」

こうして一同が手わけして、展覧会のなかを、すみからすみまで捜すことになったが、はたして夜光怪人はつかまるだろうか。

したたる血しお

進は、しっかり俊助のあとについて、暗い迷路から迷路へと、しずかに進んでいった。

幸い、ガードマンがてんでに懐中電燈を持っていたので、そのひとつをかしてもらって、その光をたよりに、暗い迷路を照らしていった。スイッチひとつひねれば、展覧会の会場に、明るい電気がつくはずだが、それをわざとつけないのは、暗いほうがつごうがよいと、黒木探偵がいましめたからなのだ。なぜならば相手は夜光怪人、夜光衣装を着ているのだから、暗闇のほうがかえって発見しやすいのだ。

俊助と進少年は、ことばもなく、ネコのように足音をころして、暗い迷路を進んでいった。まえにもいったとおり、そこには気味悪い写真だの、恐ろしい凶器だのが、一面にかざり立ててあるのだから、あんまり気持ちのよい場所ではない。

進はいまにも暗闇のなかから、恐ろしい魔物がとびだしてきそうな気がして、なんどつばをのんだかわからない。ほかの連中はどうしたのか、足音ひとつきこえず、せきさえなく、がらんとしたデパートの内部は、まるで暗黒の海底に沈んだようなしずけさである。進は、そのしずけさのなかに、自分のからだが吸いとられていくような気持ちがしてならなかった。

やがてふたりは、例の夜光怪人の生き人形のところまできたが、なにげなくそれに目をやった進は、思わずアッと叫び声をもらした。

「ど、どうしたのだ。進くん、なにかあったのかい？」

「三津木さん、ごらんなさい。あの人形ははだかにされています！」

進のことばに、俊助もそのほうに目をやったが、これまたアッと叫んだ。

なるほど夜光怪人の生き人形は、帽子もなく、マントもなく、またお面もなくて、そのあとにはのっぺらぼうの顔があるきりなのだ。

「わかった、わかった。進くん、さっきのお嬢さんはきょうの昼から、この会場のどこかにかくれていたんだよ。そしてだれもいなくなってから、ソッとそのかくれ場所からはいだして、この人形の洋服を着こんだんだ。そして夜光怪人になりすまし、『人魚の涙』をとりにやってきたにちがいない」

しかし、かよわい少女の身で、なぜそのようなだいたんなふるまいをしたのだろう。それは俊助にも進にもとけない謎だった。

「三津木さん、しかし、あのお嬢さんは、いったいこの会場のどこにかくれていたのでしょう。だれにも見つからないような、そんないいかくれ場所がありますか？」

「フム、ぼくもいまそれを考えていたんだが、ひょっとすると、あのなかじゃあるまいか」

「あのなかというと？」

「向こうに大きなトランクがあるんだ。そのトランクというのは、ある悪人がひとを殺して、死体をそれにつめて、汽車で送ったものなんだ。そのなかなら十分ひとがはいれるし、だれだってそんな気味の悪いもの、あけてみるものはないからね」

「三津木さん、それじゃ、そのトランクを調べてみようじゃありませんか。お嬢さんがそのなかにかくれていたとしたら、なにかしょうこが残っているかもしれません」

「うん、よし、いってみよう」

　三津木俊助はこの展覧会の主任だから、だれよりも会場の内部はよく知っている。ふたりはまもなく、トランクの置いてあるかたすみへやってきたが、見ると、暗い通路に懐中電燈の光を落として、だれかひとがうずくまっている。

「だれだ！　そこにいるのは……？」

　と俊助が声をかけた。

「ああ、三津木さんですね。こちらへきてください。少し変なことがあるんです」

　それは黒木探偵の声だった。

「ああ、黒木さん。変なことというのはなんですか」

　俊助と進が近づいてゆくと、

「ごらんなさい、あの血しお……！」

「なに、血しお……？」

　ふたりはギョッとして懐中電燈の光のなかを見たが、なるほど床の上にひとすじの黒い流れが、しずかに動いている。黒木探偵は、その流れを追って懐中電燈の光をしずかに移動させたが、と、その先にあるのはれいのトランク。そのトランクのすきまから、あの黒い流れがしたたり落ちているのだった。三人は思わずギョッと顔を見合わせたが、

「よし、なかを調べてみましょう」

俊助はつかつかとトランクのそばへより、用心ぶかく、ソッとふたをひらいた。そのとたん、思わず、アッと鋭い叫び声が三人のくちびるからもれた。なんとそこには夜光怪人が、エビのように背中を曲げ、ぐったりとうなだれているではないか。しかも、その胸には鋭い短刀が、柄《つか》をも通れと突き刺さっているのだ。

「アッ、夜光怪人が殺されている！」

進が思わずむちゅうで口走るのを、黒木探偵はおさえるように、

「いや、夜光怪人が殺されるはずはない。夜光怪人はきっと別にいるにちがいないのだ。そしてこいつを殺して逃げたのだ。こいつも夜光怪人のかえ玉なのだ。とにかく顔を調べてみましょう」

あの奇妙なお能の面をとったとき、進は思わずアッと声を立てずにはいられなかった。お面の下から出てきた顔……それは、ああ、まぎれもなくいつかの夜、上野の山下から自動車に少女を乗せて逃げたあの老人ではないか。

怪少女

三津木俊助も進少年も、ちかごろくやしくてたまらない。

黒木探偵と三人で、目をさらのようにして見張っていた『人魚の涙』を、まんまと盗みとられたばかりか、目のまえで、人殺しまでされたのだから、これほどめんぼくないことはない。

トランクのなかに、死体となってつめられていた老人のポケットというポケットは、念入りに調べられた。しかし、『人魚の涙』はどこからも発見されなかった。これで見てもこの老人は、夜光怪人の服装こそしておれ、本物の夜光怪人でないことがわかろうというものである。

ほんものの夜光怪人は、どこか物かげにかくれていて、この老人をあやつっていたのだろう。

たぶん、ほんものの夜光怪人は、女神の像になにか仕掛けがあるらしいのに気がついて、じぶんで手をくだすのは危険だと思ったのにちがいない。そこで、かえ玉をつかって、盗みにこさせたのだろう。そして、そのかえ玉がまんまと『人魚の涙』を手に入れて、防犯展覧会へ逃げこんだところを、待ちかまえていたほんものの夜光怪人が、むざんにも刺し殺して、『人魚の涙』を横取りしたのだろう。

ああなんというざんこくさ、なんというひとでなし。盗みをさせて、盗みがすむと、もう用事はないとばかり殺したのだから、世にこれほどの極悪人はないにちがいない。

そう考えると三津木俊助も進も、この極悪人に対する憎しみで、腹のなかがにえくりかえるような気がするのだった。

「よし、戦ってやる。戦ってやるぞ。食うか食われるか、夜光怪人をたおすか、じぶんたちがたおされるか、戦いだ。戦いだ。われわれは最後まで戦いぬくのだ」

三津木俊助と進は、あらためて、そう誓わずにはいられなかった。

それにしてもふしぎなのは、夜光怪人のかえ玉となったこの老人である。見たところ、白髪のいかにも上品な老紳士なので、とても、夜光怪人の子分となって、悪事を働くような人物とは見えない。いったい、どういうわけで、夜光怪人のかえ玉となって『人魚の涙』をとりにきたのだろう。

進が、はじめてこの老人を見たのは、上野の山下だった。

上野の森で、夜光怪人に追われていた少女をたすけて、山下まで送ってくると、そこにこの老人が自動車の運転台に乗って待っていたのだ。

少女はこの老人のすがたを見ると、

「アッ、おとうさまが——」

と、叫んで自動車にかけより、それにとび乗ると、まっしぐらに逃げてしまったのである。

してみると、あの少女とこの老人は、親子にちがいない。

その父と娘がふたりとも、夜光怪人に化けて『人魚の涙』をとりにくるというのは、いったいどうしたことだろう。

それにしても、かえすがえすも残念なのは、あの怪少女をとり逃がしたことだった。夜光怪人に気をとられて、みんなが防犯展覧会のほうへ集まっているうちに、女神の像にのどをしめられ、気をうしなっていたあの怪少女は、その後息を吹きかえしたと見えて、一同が思いだして、真珠のオリへとってかえしたときは影も形も見えなかったのだ。

まったく、かさねがさねの黒星だった。あの少女さえ取りおさえていたら、老人の身もともわかり、また夜光怪人との関係もわかったにちがいないのに……。

それにしても、ふしぎなのはあの少女である。老人が殺されたことは、あらゆる新聞によって報道されているのに、とうとうどこからも名乗って出なかったのだった。現在の親の死さえうっちゃらかして、身をかくしていなければならぬとは、いったい、どのような深い秘密があるのだろう。

あの少女は、夜光怪人の敵か味方か――それはわからない。なにもかもがナゾの密雲につつまれているばかりである。

こうして老人の身もともわからず、すべてがふりだしにもどってしまった。夜光怪人はいぜんとして神秘のベールにつつまれている。

こうして、ひと月あまりたったが、ここにまたもやひとつの事件が起こって、いよいよ夜光怪人対三津木俊助と御子柴進少年の、手に汗にぎるような戦いの幕が切って落とされることになったのだった。

仮装舞踏会

鎌倉の稲村《いなむら》ガ崎《さき》のとっぱなに、お城御殿と付近のひとびとから呼ばれている、りっぱな建物がある。

なるほど海にのぞんで、がけの上にそそり立つその建物は、古い外国のお城にそっくりだ。いくつかの尖塔《せんとう》、城壁、銃眼《じゅうがん》、――そして城壁にはいちめんにツタがからみついて、雨につけ、風につけ、なんともいえぬおもむきを、付近一帯の景色にそえている。

このお城御殿のあるじというのは、古宮春彦《ふるみやはるひこ》といって、もと伯爵だった。

古宮家というのは、戦国時代から代々つづいた大名だったが、明治になってからは、伯爵の位をあたえられ、華族《かぞく》のなかでも有名な金持ちなのだった。

さて、このお城御殿を建てたのは、春彦の先代、豊彦《とよひこ》というひとだったが、このひとはながいこと、ヨーロッパで勉強し、イギリスはいうにおよばず、イタリアからフランス、ドイツからオランダと、ヨーロッパの国々をあまねく旅行してきたが、そのとき見てきた、古いお城がすっかり気にいって、日本へ帰ってくると、この稲村ガ崎のとっぱなに、さっそくこのお城御殿を建てたのだ。

そして、邸内の家具や調度のかざりものなども、いかにもお城御殿にふさわしい、古いゆいしょのついた西洋のものを、金に糸目をつけずに、どんどんとりよせたものだから、ちょっとこのお城御殿にふみ入ると、日本にいるような気がしないというひょうばんだったのである。

さて、この古宮家では、毎年六月の第一土曜日の夜から翌日の日曜日の朝にかけて、大だい的に仮装舞踏会をひらくのがおきまりになっている。

むろん、戦争ちゅうは、じきょくにえんりょしてとりやめになっていた。また終戦後も、いろいろのものが不自由だったから、さしひかえていたが、今年はだいぶ世のなかも立ちなおったので、久しぶりにひらこうということになり、今夜がその六月の第一土曜日。

お城御殿の大広間は、いまコウコウとかがやくシャンデリア。高い天じょうに、クモの巣のように張りめぐらされた、金銀紅白のテープ。壁をうずめる色とりどりの花束。──なんともいえぬ、はなやかな空気につつまれて、いつでも客をむかえる用意ができている。

ところが、この広間の奥のあるじのへやでは、広間のはなやかな空気とはうってかわって、なにやらものものしい気配がみなぎっていた。

「こうして、急にあなたがたにきていただいたのには、実はわけがありまして……見てくださいけさがた、こんな手紙がわたしのところへまいりましてな」

こう口をきったのは、いうまでもなくこの家のあるじ春彦氏。かれは年ごろ四十歳くらい、いかにも名家のすえらしい上品な紳士である。

さて、その春彦氏をとりまいて、緊張した面持ちでひかえているのは、なんと三津木俊助と御子柴進少年、それに黒木探偵まで いるではないか。

黒木探偵と三津木俊助は、春彦氏から渡された手紙に目をとおすと、思わずアッと顔を見合わせた。

夜光怪人がお嬢さまの首かざりをねらっています。
気をつけてください。

そこにはボールペンの走り書きで、そんなことが書いてあるのだが、俊助はその筆跡に見おぼえがあった。

「進くん、ちょっとこれを見てくれたまえ。きみはこの筆跡に見おぼえはないか」

御子柴少年もその手紙を読むと、思わず息をはずませて、

「三津木さん、これはいつぞや防犯展覧会で……」

「そうだ、夜光怪人が『人魚の涙』をねらっていると、知らせてくれた手紙とおなじ筆跡だ。するとまた、あの少女が知らせてくれたのだね」

俊助と進は、キツネにつままれたように顔を見合わせた。

いよいよもってふしぎなのは、あの怪少女の行動である。『人魚の涙』の場合でも、あらかじめああして知らせてくれながら、あとになって、みずから首かざりを盗みにきたのだから、なんのために、あんな予告をよこしたのか、さっぱりわけがわからない。

そしてまたきょうのこの手紙——三津木俊助と進がキツネにつままれたような顔を見合わせたのも無理ではなかった。

春彦氏は、しかしそんなことは知らないから、

「それでわたしもおどろいて、いろいろ考えてみたんですが、夜光怪人といちばん縁のこいのはあなたがただ。いつかの『人魚の涙』の場合には、あなたがたはまんまと夜光怪人にしてやられたのだから、きっとこんどは気をつけて、怪人を打ちまかしてくださるだろう……と、こう思ったものだから、わざわざきていただいたのですがね」

春彦氏にそういわれると、三人とも穴があったらはいりたい気持ちである。

「いや、どうも……そうおっしゃられると、穴があったらはいりたいくらいです。小田切老人にあれほど信頼をうけながら、まんまと首かざりを盗まれたのですから、合わせる顔もありませんでした」

黒木探偵もあのことをいわれると、めんぼくないと恐縮している。春彦氏はそれをなぐさめるように、

「いやいや、人間、だれしも失敗はありがちのこと。失敗があってこそ、発奮もし、努力もするのです。失敗こそ成功のもとです。あなたがたはあの事件で、失敗しているだ

け尊いのです。つまり、それだけ、夜光怪人のやりくちに通じているわけです。それで、こうしておねがいしているのですが、どうでしょう。お引き受けくださるでしょうか？」

黒木探偵と俊助は、しばらく顔を見合わせていたが、やがて黒木探偵がひざをすすめて、

「お引き受けしましょう。わたしもあのように煮え湯をのまされ、とてもこのままひっこんではおれません。いつかおりがあったら、あの敵討《かたきう》ちをしたいと思っていたのです。こんなよいチャンスはありません。ぜひとも働かせていただきたいと思います。三津木さんはどうですか？」

「いや、ぼくだっておなじことです。およばずながら黒木探偵のお手伝いをさせていただきましょう」

俊助もキッパリ引き受ければ、春彦氏も大よろこびで、

「いや、これで安心しました。おふたりがお引き受けくだされば、こんなありがたいことはありません」

「ときに、その首かざりというのはどういうものですか？」

こうたずねたのは俊助だった。

「それはわたしの父豊彦が、ヨーロッパ旅行をしたさい、向こうから買ってきたダイヤの首かざり、なんでもどこかの王室の所有物だったということです。それが母から私の妻、さらに妻がなくなってからは娘の珠子《たまこ》につたわったもので、いわばこの家の家宝の

ようなものです」

「その首かざりを、今夜お嬢さんはつけてお出になるのですか?」

「そうです」

「どうでしょう。そこをなんとかして、今夜だけはおひかえになるわけにはいきませんか。ほかの首かざりでもおかけになることにして……」

「いや、そういうわけにはいきません。それが習慣になっているのですから。しかし、わたしもこの手紙をもらってから考えました。そこでこういうトリックを思いついたのですが」

「どんなトリックですか?」

「実は珠子の付き人に、藤子という娘がいる。ちかごろやとい入れたのだが、年も珠子とおないどしの十八歳。たいへんかわいい娘で、背たけからからだのかっこうが、珠子によく似ているんです。実は珠子はフランス貴族のお姫さま、藤子にはその侍女の仮装をさせようと思っていたのですが、ここでひとつ役を入れかえ、藤子にお姫さまの仮装をさせ、にせものの首かざりをかけさせる。そして珠子は侍女の仮装で、ほんものの首かざりをさせておく。まさか、珠子が侍女に仮装するとは思わないから、みんな藤子に目をつけると思うんです。むろん、顔にはマスクをつけますから、そうかんたんに見破られることはないと思うのですが、このトリックはどうでしょうか」

なるほどこれはおもしろい計略なので、黒木探偵も俊助も、手をうって賛成した。ただひとり、なんとなく不安そうな顔をしていたのは御子柴進少年だ。はたしてそんなことであの悪賢い夜光怪人をあざむくことができるだろうか。

姫ぎみと侍女

さて、パーティーの時間がくると、おいおい客が到着した。

なにしろ、仮装舞踏会のことだから、くるひともくるひとも、思い思いのしゅこうをこらして、奇抜な仮装をしている。

かみしもに、ちょんまげのさむらいがいるかと思うと、南洋の人もいる。西洋のよろい武者がいるかと思うと、サーカスのピエロもいる。赤鬼、青鬼がいるかと思うと、牛若丸もいる。また、女では源氏物語にでも出てきそうなお姫さまがいるかと思うと、田植えすがたの娘がいる。クレオパトラがいるかと思うと、スペインの踊り子もいるという調子。

いや、にぎやかなことこのうえもなかったが、そのなかでも、強く人目をひいた三人の男女がいた。

そのひとりというのは、なんとこれが夜光怪人。これにはみんなアッと目をみはったが、だれの口からともなくこの夜光怪人こそ、当家のあるじ春彦氏とつたわって、一同は二度びっくり。

そうなのだ。この夜光怪人は春彦氏だった。春彦氏ははじめインドの王さまの扮装《ふんそう》をするつもりでいたが、きょう、ああいう手紙をもらってから、急に気がかわって、夜光怪人に仮装することにしたのである。つまり、それで夜光怪人をからかってやろうというわけだった。

さて、もうふたり、強く人目をひいたのは、ともに女で、これはフランス貴族のお姫さまと侍女という仮装だったが、すその長い、広いスカートのエレガントさ、羽根扇を持った手つきのしなやかさ。ふたりとも紫じゅすのマスクで、顔半分をかくしているが、マスクの下からのぞいている、鼻や口の愛らしさ、いずれおとらぬ美しいお嬢さんたちだった。

このお姫さまのほうが、当家の令嬢、珠子であろうとはだれの目にもうなずけた。それというのが夜光怪人がしじゅうそのそばにつきそっているからなのだ。

そして、もうひとりの侍女に仮装しているのは、たぶん珠子の付き人だろうと、みんなささやきかわしていた。

「ちょいとごらんなさい。あの姫ぎみの首にかけていらっしゃるのが、当家の家宝のダイヤの首かざり。まあ、すばらしいこと」

「まあ、ほんと、あたしさっきおそばへ寄って、つくづく拝見したんですけれど、キラキラと虹《にじ》のようにかがやいて、それはそれはおみごとですわ」

「それはそうでしょう。以前、ヨーロッパのさるやんごとない王室にあったというんですもの。いまの値段にすると何千万円だか、何億円だか、相場のつけようがないということですわ」

「あら、ちょっとごらんなさい。あの侍女のひとのかけている首かざりも、ちょっとみごとじゃありませんか」

「だめよ、あんなもの。どうせガラス玉にきまってますわ」

人間なんておろかなものである。お金持ちが持っていると、ガラス玉でもダイヤに見え、貧乏人が身につけていると、本物のダイヤモンドでもガラス玉に見えるのだから。

こういうささやきを小耳にはさんで、ほくそ笑んでいるのは三津木俊助。なるほど、春彦氏の計略、まんまと図にあたったわいと感服している。

その俊助はなんの仮装をしているかというと、これは赤鬼だった。黒木探偵は青鬼のはずだが、ひとごみにまぎれてすがたが見えない。

それから、進はしっぽのながい西洋風の小鬼のはずだが、これまた、どこへまぎれこんだのか、そこらにすがたが見えなかった。

これらの赤鬼、青鬼、西洋小鬼の衣装は、みんな春彦氏が、三人のために用意しておいたものなのだ。

やがて時刻がくると音楽がはじまった。

音楽といっても、ちかごろはやるゴーゴーなどではなくて、いずれも上品な舞踏曲《ぶとうきょく》、それにつれて、踊れるひとは踊るし、踊れぬひとは、それを見物しながら、軽い飲み物を飲み、かるい食べ物を食べている。

客たちもようやくこの場の空気になれ、笑いさざめく声が、しだいに高くなってきた。

三津木俊助はそういうなかを、ゆだんなく目をくばっていたが、そのときである。

さっきから、すがたをかくしていた西洋小鬼の進が、急ぎ足にホールへはいってくると、三津木俊助のすがたを見つけて、つかつかとそばへ近寄ってきた。

「三津木さん、ちょっと……」

「ああ、進くんか、どうしたのだ。いままでどこへいっていたのだ？」

俊助はなにげなくたずねたが、少年はそれに答えず、

「三津木さん、ちょっとこちらへきてください。たいへんなことがあるんです」

「たいへん？　進くん、なにか変わったことがあったのかい？」

俊助もはじめて、進の顔色が変わっているのに気がついた。

「なんでもいいから、早くきてください。早く、早く……！」

進はそうせきたてると、みずから先に立ってホールをとびだした。

「おいおい、いったい、ぼくをどこへ連れていくんだい？」

俊助はあとから声をかけたが、進は返事もしない。ホールをとびだすと、長いろうかをどんどん走っていったが、やがて地下室へおりていった。

「おい、進くん、地下室になにがあるんだい？」

「三津木さん、こっちへきてください。ほら、あれ……」

そこは地下の物置である。ゴタゴタといろんながらくた道具を積みかさねたそのあいだから、二本の足がニューッとのぞいている。

「あ、だ、だれだ……」

「三津木さん、顔をのぞいてごらんなさい」

進のことばに俊助は、積みかさねた道具と道具のあいだにはいこんだ。そして、進から渡された懐中電燈の光で、あお向けにたおれているひとの顔をのぞきこんだが、そのとたん、思わず、

「うわっ！」

と、叫んでとびあがった。とびあがった拍子《ひょうし》に、いやというほどがらくた道具のかどに頭をぶっつけたが、いまはもうそんなことにかまっている場合ではない。

たいへんもたいへん。そこにたおれているのは、まぎれもなく春彦氏ではないか。春彦氏は麻酔薬でもかがされたと見えて、こんこんとして眠っているのだ。

しかし、ここにこうして春彦氏がたおれているとすれば、ホールにいる夜光怪人は何者だろうか。

三津木俊助はなんともいえぬ恐ろしさに、全身にビッショリとひや汗が流れずにはいられなかった。

麻酔薬

ちょうどそのころホールでは、おどりつかれた夜光怪人を中心として、お姫さまと侍女がかたすみでやすんでいた。

夜光怪人のお能のような面の下から、鋭い目が光って、侍女の首にかけた首かざりにじっと視線がそそがれている。

やがて、夜光怪人の手がつとのびて、その首かざりをつかんだ。

「あら、おとうさま、なにをなさるの？」

「ああ、いや、首かざりがだいじょうぶかと思ってね。なにしろ夜光怪人がねらっているというのだから、気をつけなくちゃ……」

「あら、おとうさまったら、あんなことおっしゃって、ホ、ホ、ホ」

侍女のくちびるから、かるい笑い声がこぼれる。

「おや、珠子や、なにがおかしい。わたしがこの首かざりのことをこんなに心配しているのが、おまえにはおかしいのか」

「だって、おとうさま……ホ、ホ、ホ」

と侍女のくちびるからはまた笑い声がこぼれる。

「何がだってだ。何がホ、ホ、ホだ」

「いやなおとうさま。おとうさまは忘れんぼね。この首かざりはにせものじゃありませんか」

「ええっ！」

夜光怪人のお能の面の下で、いっしゅん、両眼があやしく光った。

「まあ、どうなすったの、おとうさま。藤子さんとあたしと入れかわっただけでは、まだ心配だからとおっしゃって、急に思いついてにせものをかけるようにおっしゃったのは、おとうさまではありませんか。そして、このことは黒木探偵や三津木俊助さまにもだまっていようとおっしゃって……」

「ああ、そうだった。そうだったね。しかしおまえがおとうさまのいいつけを、正直に守ったかどうかと思ってね。いや、それで安心した」

夜光怪人はあやしく両眼を光らせながら、それきりしばらくだまっていたが、なんと思ったのか急にたちあがると、

「ああ、珠子や、ちょっとおとうさまといっしょにきておくれ。おまえに話しておきたいことがあるから……」

「あら、おとうさま、急にどうなさいましたの？」

「うん、たいへんなことを忘れていたのだ。とにかく、おとうさまといっしょに居間へきておくれ。ああ、藤子、おまえはここにいなさい。すぐ帰ってくるから、さあ、珠子や、すぐいこう」

まるで珠子をひきずるようにして、夜光怪人は急ぎ足にホールを出ていった。

あとにはお姫さまに扮《ふん》した付き人の藤子が、ふしぎそうな顔をしてふたりのうしろすがたを見送っていた。

夜光怪人は珠子を連れて、さっきの居間へはいったが、すぐ、うしろのドアにピンと錠をおろしてしまった。

珠子はそれを見るとびっくりして、

「あら、おとうさま、ドアに錠をおろして、どうなさいますの？」

「なんでもいい。しずかにするんだ」

夜光怪人の声の調子が、急にガラリと変わった。

「え？」

「アッハッハッハ、だまされた。だまされた。ね、こっちもまんまといっぱい食ったが、おまえのほうでもいっぱい食ったね。アッハッハッ」

ああ、その笑い声の気味悪さ。珠子はゾーッと全身に鳥はだが立たずにはいられなかった。

「あら、あなたはだれです。あなたはおとうさまじゃない。あなたはいったいだれです？」

「夜光怪人さ」

「えっ！」

「しょうしんしょうめい、まちがいなしの夜光怪人さ。お嬢さん、さあ、おとなしくしておいで」

夜光怪人はポケットから、びんとハンカチをとりだした。そして珠子の見ている前で、びんのなかの液体を、タラタラとハンカチに注ぐ。甘いにおいが、プーンとへやのなかに立ちこめた。

「ああ、クロロフォルム！　麻酔薬！」

珠子は助けを呼ぼうとした。しかし、舌がこわばって声が出ない。珠子は身をひるがえして、逃げようとした。しかし、ひざがしらがガクガクふるえて、足が動かないのだ。

夜光怪人はしめしたハンカチを片手に持って、一歩一歩珠子のほうに近寄ってきた。お能の面の下からあやしく両眼を光らせながら……。

ひらかぬ扉《とびら》

内がわから、ピンと錠をおろした密室のなかで、夜光怪人におそわれた珠子は、その後はたしてどうなっただろうか。

それはしばらくおあずかりとしておいて、こちらは三津木俊助と御子柴進少年である。

地下室のがらくた道具のなかに、麻酔薬をかがされて、こんこんとして眠っている春彦氏のすがたを見つけたとき、俊助のおどろきはどんなだっただろう。それこそ、全身の毛穴という毛穴から、いちじにサッと、つめたい汗が、ふき出るような、気持ちだった。

「古宮さん、もし、古宮さん、しっかりしてください！」

俊助は声をはげまし、必死になって、古宮氏のからだをゆすぶったが、なにしろ、強い麻酔薬をかがされていることとて、とても、目のさめそうな気配はない。ひたいに玉のような汗をかいて、雷のようないびきが、地下室のなかにとどろきわたった。

俊助はあきらめて、進のほうをふりかえると、

「進くん、きみはどうして、こんなところに古宮さんがたおれていることに気がついたの？」

と、ふしぎそうにたずねた。

進は、ひたいの汗をぬぐいながら、

「三津木さん、それはこうなんです」

と、息をはずませて語るところによると、だいたい、つぎのようないきさつなのだった。

古宮春彦氏から、西洋小鬼の扮装をあたえられて、ホールのなかにまぎれこんでいた進は、そのうちにふと、夜光怪人に化けた古宮氏が、フランスのお姫さまの藤子や侍女の珠子からはなれて、こっそりホールを出ていくのに気がついた。

しかも、そのときの古宮氏のそぶりというのが、妙にコソコソ、人目をはばかるよう

に見えたので、進の胸は、なんとなくあやしくおどった。そこで、さっそくそのことを、三津木俊助に知らせようと思ったが、あいにくそのとき俊助のすがたは、どこにも見あたらなかった。いや、俊助ばかりではなく、青鬼に扮しているはずの、黒木探偵のすがたも見えないのだ。

そこで進は、じぶんでコッソリ古宮氏のあとをつけていった。古宮氏はキョロキョロあたりに注意しながら、長いろうかを通りぬけ、やがて地下室へおりていったから、おどろいたのは進である。

〈いまごろ、なんの用事があって、地下室などへおりていくのだろう……〉

進は、いよいよあやしく胸をおどらせ、よっぽどあとからついていこうかと思ったが、かってのわからぬ地下室だ。うっかりまごまごしているところを、古宮氏に見つかったら、どんなにバツの悪い思いを、しなければならぬかわからない。

そこで、地下室の入り口で、古宮氏の出てくるのを、ひそかに待っていることにした。その古宮氏は、五分ほどたって、地下室から出てくると、そのまままた、長いろうかを通ってホールのほうへいった。

そのあとを見送っておいて、ソッと地下室へもぐりこんだのが進だった。

「古宮さんはこの地下室に、いったい、なんの用事があったのかと、あちこち捜しているうちに見つかったのが、がらくた道具のあいだから、ニューッとのぞいている二本の足です。びっくりして顔をのぞいてみると、さっきホールへ帰っていったと思っていた古宮さんですから、ぼく、すっかり肝をつぶして……」

話をきいているうちに、俊助はガタガタ歯を鳴らしてふるえはじめた。こわいのではない。興奮しているのだ。

〈ああ、古宮さんはどうして地下室などへおりてきたのだろう。いや、そのことよりも、古宮さんをここにたおして、夜光怪人の衣装をはぎとり、まんまと古宮さんになりすまし、ホールへ帰っていったのは何者か……〉

「いこう、進くん。ホールへいこう」

「三津木さん、古宮さんをこのままにしておいてもだいじょうぶですか」

「いや、向こうへいって、だれかにかいほうにきてもらうのだ。今夜のお客さんのなかには、ひとりくらいは医者がいるにちがいない。さあ、早くいこう」

ふたりは古宮さんをそこに残して、急いで地下室をとびだした。

「三津木さん、ねえ、三津木さん、夜光怪人の扮装で、古宮さんに化けているのは、いったい、何者なのでしょう」

「ぼくにもわからない。ぼくにもだれだかわからない。しかし……ひょっとすると……」

ひょっとすると……？　ああ、俊助にもそのあとを口にだすのがこわいのだ。

俊助と進のふたりは、短距離競走の選手のように長いろうかを走りぬけると、やがてホールへとびこんだ。そしておどりたわむれるひとびとのなかを捜したが、夜光怪人のすがたはどこにも見あたらない。

「あ、三津木さん、あんなところに藤子さんがいます」

進に注意されて、ホールのすみに目をやると、なるほど、フランスのお姫さまに化けた、付き人の藤子が、たったひとりで、手持ちぶさたらしく、羽根扇をつかっている。それを見ると、俊助はつかつかとそのほうへ近寄った。

「ちょっとおたずねしますが、夜光怪人や珠子お嬢さんはどうしましたか?」

「あら」

付き人の藤子は、俊助や進のすがたを見るとどういうわけか、ハッとしたように顔をそむけたが、やがて、消えいるばかりの低い声で、

「はあ、だんなさまとお嬢さまは、さっき、あれ、あのお居間へおはいりになったきり、まだ、出ておいでになりません」

藤子の立っているところからは、古宮氏の居間のドアが真正面に見えるのだ。それをきくと俊助は顔色を変えて、つかつかと、居間の前へ立ち寄ると、

「珠子さん、珠子さん」

と呼びながらドンドン、ドアをたたいたが、なかからは、なんの答えもない。にぎりをつかんでドアを押してみたが、なかから錠がおりていると見えて、ビクともしないのだ。

俊助のひたいからは、熱湯のような汗が流れ落ちた。

人間消失

「藤子さん、夜光怪人と珠子さんは、たしかにこの居間へはいっていったのですか？」

「はあ……」

藤子はなぜか、俊助がふりかえるたびに、顔をそむけるようにする。紫じゅすのマスクをつけているので、ハッキリ顔はわからないが、なんとなくあやしいそぶりである。

俊助はしかしそれに気がつかず、

「しかし、それならなぜ返事をしないのだろう。藤子さん、ふたりはいったんここへはいったが、それからまたどこかへ出ていったのではありませんか」

「いいえ、そんなことはありません。おふたりがここへおはいりになってから、あたしはズッと向こうから、このドアを見ていました。お出になったら気がつくはずです」

俊助はドアに耳をあてなかのようすをうかがったが、へやのなかは墓場のようにしずまりかえって、ひとのいる気配さえないのである。

俊助はまた、ドアをたたいて、珠子の名前を呼んでみた。しかし、なかからはあいかわらず返事がない。俊助の胸にはムラムラと不安がこみあげてきた。

「進くん、手をかしてくれたまえ。とにかく、このドアを破ってみよう」

俊助と進のふたりは、西洋映画によくあるように、からだごと、ドアにぶつかってみたが、そんなことで、破れるようなドアではない。

藤子はびっくりして、

「まあ、どうしたのでございますの。何かふつごうなことでもございましたの」

「ええ、ちょっと心配なことがあるんです」

ふたりがドンドンとドアにぶつかっている物音をきいて、ホールから五、六人、仮装をした客がとびだしてきた。また、タキシードを着た使用人が二、三人、これまた、びっくりしたようにかけつけてきた。

「どうしたんです。なにかあったんですか？」

「ああ、だれか、オノかマキわりを持ってきてくれませんか。珠子さんが、あやしい人物に、このへやのなかへ連れこまれたんです」

「あやしい人物って……？」

「夜光怪人の扮装をしたやつ……しかし、そいつは古宮さんではないのです。ああ、だれかこのなかにお医者さんはおりませんか？」

「わたしは医者ですが……」

ちょんまげに、かみしもを着た人物が名乗って出た。

「ああ、そうですか。それじゃ、恐れいりますが、地下室へいって、古宮さんをみてあげてくれませんか」

「えっ、だんなさまが地下室で、どうかされたのですか？」

使用人のひとりが、びっくりしてたずねた。

「麻酔薬をかがされて、こんこんと眠っていられるんです。そして、夜光怪人の扮装で、古宮さんに化けた男が、珠子さんを、この居間へひっぱりこんだのです」

藤子をはじめ一同のくちびるから、アッというような叫び声がもれた。一同ははじめて、事態の容易ならぬことに気がついたのだ。かみしもすがたの医者と、使用人のふたりがバラバラと地下室へ走っていったが、やがて、そのなかのひとりが、大きなオノを持ってきた。

「よし、かしたまえ。ぼくがやってみる」

オノをふりあげた俊助が、全身の力をこめて、ハッシハッシとドアをたたけば、さすが、がんじょうなドアもメリメリとさけて、やがてちょうつがいのところからガックリはずれた。

それを見ると三津木俊助と進は、ソレッとばかりに、ドアのなかへおどりこんだが、そこでぼうぜんとして立ちすくんでしまったのだ。

ああ、これはいったい、なんということだろう。へやのなかには、アリ一匹、はいだすすきまもない。窓はあるが、そこにはよろいとびらがぴったりしまって、なかからかけ金がかかっている。ドアといっては俊助が、いま破ったドアよりほかになく、しかも、そのドアにも、なかからカンヌキがかかっていた。つまり、このへやのなかにいたひとは、どこからも外へ出ることはできないはずなのだ。外へ出て、外からドアのカンヌキをおろしたり、窓のよろいとびらに、かけ金をかけたりすることは、できるはずがないのだから……。

それにもかかわらず、へやのなかにはだれもいないのである。夜光怪人ばかりか、珠子の影さえ見えないのだ。

「三津木さん、こ、こ、これは……！」

進は、キツネにつままれたような顔をしている。

俊助も、ぼうぜんとして目を見張っていたが、すぐ思いだしたように藤子のほうをふりかえり、

「藤子さん、藤子さん、夜光怪人と珠子さんは、たしかにこのへやへはいったのですね」

「ええ、そうです。たしかにここへおはいりになりました」

藤子もぼうぜんとして、へやのなかを見まわした。紫じゅすのマスクの下で、ひとみがおびえたようにふるえている。

「しかし、それじゃ、どうしてここにいないのです。ひょっとすると、あなたの気のつかぬうちに、ここから出ていったんじゃありませんか？」

「そんなはずはありません。第一、出ていったとしたら、どうしてカンヌキやかけ金が、なかからかかっているのです」

なるほど、いわれてみればそのとおりだった。

俊助は困ったようにへやのなかを見まわしていたが、やがて、窓のそばへよって、よ

ろいとびらをひらいてみた。

古宮氏のお城御殿は、まえにもいったとおり、稲村ガ崎のとっぱなに建っているのだが、このへやはちょうどがけに面しており、窓から下をのぞくと、切り立ったような、十数メートルもあろうかと思われる断崖絶壁《だんがいぜっぺき》、これでは、いかに身のかるいものでも珠子をかかえて、おりることなど思いもよらない。

ああ、夜光怪人と珠子のふたりは、いったいどこへいったのか。ふたりはまるで、煙のように、このへやのなかで消えてしまったのだろうか。

西洋よろいの怪

あまりのふしぎ、あまりの怪奇、あまりの神秘に、俊助も進も、ぼうぜんとして、なにを考える力もなくなってしまった。

ただもうキツネにつままれたような顔をして、暗い居間のなかで、顔を見合わせていたが、そのときである。

とつぜん進がお尻《しり》に針でもさされたように、床の上にとびあがった。

「アッ、三津木さん、あれはなんです！」

「えっ、なに、なんだ？」

「シッ、あれをきいて……ほら、変な音がきこえるでしょう」

進のただならぬ顔色に、一同はギョッと息をのみ、シーンと耳をすましたが、その耳にきこえてくるのは、一種異様な物音だった。

うめき声か……いや、そうではない。うなり声か……いや、そうでもない。何かしら、波のさわぐような声が、あるいは高く、あるいは低く、とぎれとぎれにきこえてくるのである。しかもふしぎな声の出どころは、たしかにへやのなかにちがいなかった。

俊助はキッとへやのなかを見まわした。ここは古宮氏の居間だから、それほど広くはなくて、日本間にして十二畳くらい、へやのすみずみには、西洋のタテだのよろいだの、珍しいものがかざってある。

俊助の目は、ふとそのよろいへそそがれた。そうなのだ。うめき声ともうなり声ともつかぬあの異様な物音は、たしかにそのよろいのなかからもれてくるのである。

俊助はつかつかと、よろいのそばへ近寄った。

そしてソッとよろいの肩に手をかけたが、そのとたん、壁にもたせかけてあったよろいが、ガラガラとくずれて、俊助の足もとにたおれた。

「わっ！」

一同がびっくりして、床の上からとびあがったのも無理はない。ああ、なんということだろう。よろいのなかから、人間がひとり、ゴロリところがりだしたではないか。

「アッ、黒木探偵だ！」

俊助と進が、同時に叫んだ。

そうなのだ。それは黒木探偵だった。マスクをつけてはいるが、まぎれもなくそれは、青鬼の衣装を着た黒木探偵にちがいない。しかし、どうしたというのだろう。黒木探偵はひたいにいっぱい玉の汗をうかべ、ものすごいいびきを立てているのだった。

ああ、さっき、一同をおどろかせた、あの、うめき声とも、うなり声ともつかぬ異様な物音とは、実に、黒木探偵のいびきだったのである。

「三津木さん、黒木さんもやっぱり麻酔薬を……！」

「そうだ。あのにおいをかいでごらん、クロロフォルムだよ」

こんこんとして眠っている黒木探偵の顔を、俊助は穴のあくほど見ていたが、急に気がついたように、

「進くん、もっとほかを捜してごらん。珠子さんもこの居間のどこかに、かくされているんじゃないか」

そういわれて、付き人の藤子と客の二、三人が、手わけしてへやのすみずみまで捜してみたが、珠子はいうまでもなく、夜光怪人のすがたはどこにも見あたらない。

ああ、ふたりはやっぱり、煙のように消えてしまったのであろうか。

俊助はキッと、血の出るほどくちびるをかみしめ、黒木探偵の顔やら、さっきひらいた窓をながめていたが、やがてまた、つかつかと窓のそばへ寄って下をのぞいた。しかし、どう考えてもこの窓から、外へ出ることはできない。十数メートルもの断崖の下には、荒波が、寄せては返しているのだ。

俊助はまた、黒木探偵のほうをふりかえった。そしてなにかいおうとしたが、そのときである。

ホールのほうから、ウワッとなだれをうつような音……。つづいて、たまげるような女の悲鳴……。

「あ、ど、どうしたのだろう」

俊助のことばもおわらぬうちに、五、六人の客が、なだれこむようにドヤドヤと、居間のなかへ、とびこんできた。

「た、た、たいへんです。たいへんです」

「なに？　ど、どうかしましたか」

「夜光怪人です。夜光怪人がホールにいるのです……！」

「なに、夜光怪人がホールにいる……？」

俊助はすばやく進に、目くばせをすると、急いで居間をとびだし、ホールのほうへ走っていった。

見るとホールのなかでは、おおぜいの客が、まるで石にでもなったように、シーンとしずまりかえって、みないちように天じょうをあおいでいる。だれもかれも、呼吸をするのさえ、忘れてしまったのではないかと思われるくらいだった。

俊助と進も、その視線をたどって、ひょいと天じょうをあおいだが、そのとたん、ふたりとも、ギョッとばかりに手に汗をにぎったのだ。

ホールの天じょうはずいぶん高くて、おわんをふせたようにくぼんでいる。そして、その中央に大きなきりこガラスのかざりのついた、大シャンデリアがぶらさがっているのだが、おお、なんとその大シャンデリアの上には夜光怪人が、まるで金色の大コウモリのように、とまっているではないか。

はなれわざ

つばの広い黒い帽子、お能の面のようにツルツルした顔、コウモリの羽根のようなマント、――その羽根をひろげて、夜光怪人はあざ笑うような、しのび笑いをもらした。

クククククッ……クククククッ……。

しのび笑いの声はしだいに高くなってくると、やがて、ホールじゅうにとどろきわたるような高笑いとなった。

「ワッハッハッハ、ワッハッハッハ」

夜光怪人は腹をかかえて笑いながら、シャンデリアのじくをつかんでゆさぶる。ユッサユッサと、まるでいたずら者のサルが、見物人を小馬鹿《こばか》にしてやるように、シャンデリアのじくをつかんでゆさぶっている。

そのたびに、きりこガラスのかざりのたれが、大地震にでもあったようにはげしくゆれて、まるで大風鈴のようにカチカチ鳴っていたが、やがて、バラバラとガラスの玉があられのようにホールに落下してきた。

「アレッ!」

「キャッ!」

女客のくちびるからは、いっせいに悲鳴と叫び声がもれた。と、それが合図でもあったかのように、いままで、石にでもなったように、シーンとだまりこんでいたひとびとが、口ぐちにどなるやら、叫ぶやら、わめくやら、ホールのなかは、たちまちにして、上を下への大そうどうになった……。

夜光怪人はあざけるように、上からそれを見ていたが、やがて帽子をとってていねいに、下の客たちにあいさつすると、

「いや、紳士ならびに淑女《しゅくじょ》しょくん。せっかくのきみたちの興をさましてすまなかったが、そのかわり、これから世界でも珍しい余興《よきょう》をお目にかける。それ、ごろうじろ。これぞ、夜光怪人秘芸中の秘芸、ウグィスの谷渡りとござい……」

ああ、なんというだいたんさ、なんというひとを食ったやつだろう。

夜光怪人は、シャンデリアのじくに両足をからませると、まるで、軽業師のように、まっさかさまになって、からだをブラブラゆすっている。

さすがの俊助も進も、あまりのだいたんなふるまいに手に汗をにぎったまま、どうしようという知恵もわかないのだ。

大シャンデリアから、まっさかさまにブラさがった夜光怪人は、しばらくブラブラか

らだをゆすっていたが、しだいにそのゆれかたが大きくなった。

それにつれてシャンデリアも、いよいよ大きく前後にゆれて、ガラス玉のあられが四方にとんで散らばった。

夜光怪人はしばらくからだをふりながら、呼吸をはかっていたが、やがて、

「えいッ！」

大きくかけ声をかけると、シャンデリアのじくにからませていた両足を、パッとはしたからたまらない。

からだはツブテのように落下してきただろうか。……いやいや、そうではなかった。両足をはなしたとたん、つうっと空中にカーブをえがいて、夜光怪人はクモの足のようにはりめぐらしてある、天じょうのモールにとびついたのだ。

ああ、なんという大曲芸、なんというはなれわざ……サーカスへいったところで、これほどのはなれわざは、めったにみることができるものではない。

客たちは、思わず手に汗をにぎった。なかには、われを忘れて拍手したひとさえあった。

夜光怪人はそれをきくとまた、帽子をとってていねいにあいさつをしたが、やがて、ヒラリと両足をモールにかけると、スルスル、さかさにぶらさがったままモールをつたって、しだいに窓ぎわへ近づいた。

このホールには、西洋の教会にあるように、高いところに窓がある。その窓には、い

つも色絵ガラスのドアがしまっているのだが、今夜はおおぜいお客があるので、窓という窓は息抜きがわりにあけてある。

夜光怪人はその窓のところまでいくと、ヒラリとモールから窓ぎわにとびうつった。

そして、おりからの月明かりの空を背景として、スックと窓べりに立っていたが、またもや、うやうやしく下にいる客に一礼すると、身をひるがえしてヒラリ……とびうつったのは、庭のヒマラヤスギのてっぺんだった。夜光衣装が、暗い夜空にカーブをえがく。

「それ、逃げるぞ。夜光怪人が逃げるぞ！」

そのときまで魂を抜かれたように、この怪人の大曲芸に、見とれていた客のひとりが叫んだ。俊助も、それではじめて、やっと、われに、かえった。

「おのれ、夜光怪人……！」

バラバラと窓のそばへかけよると、夜光怪人はヒラリヒラリと、立ちならぶヒマラヤスギの枝から枝へと渡りながら、しだいに下へおりてきた。そして、やっと芝生におり立つと、またホールへ向かってうやうやしいあいさつ。……ああ、なんというだいたんな、なんという憎らしいやつだろう。

「おのれ……！」

俊助は、思わず、窓ぎわに足をかけたが、そのときだった。

「アッ、ちょっと待ってください」

女の声にふりかえってみると、そこに立っているのは珠子の付き人の藤子である。あいかわらず、マスクをかけているので、顔はよく見えなかったが、目がキラキラ、異様にかがやいているのだ。みると藤子は猟銃を持っていた。

「アッ、きみ、なにをするのだ！」

「いいえ、だいじょうぶ。殺しはしません。ただ、ちょっとけがをさせて、逃げられないようにしてやるのです」

藤子は銃をかまえた。そして、ねらいをさだめてズドンと一発……。

そのとたん、暗がりのなかで夜光怪人の夜光衣装が、ヨロヨロよろめいて、やがて、バッタリたおれるのが見えた。

ああ、夜光怪人は死んだのだろうか。

哀れ人質

すばらしきかな、藤子！

みごとなるかな、射撃の腕まえ！

藤子の狙撃《そげき》に、キラキラひかる夜光怪人の夜光衣装がバッタリ庭にたおれたとき、一同は思わず、ヤンヤと拍手かっさいをした。

それにしても、藤子のねらいが急所にあたって、夜光怪人はそのまま死ぬのではないだろうか。一同はちょっと、息をのんだが、いやいや、そうではなかった。

夜光怪人はヨロヨロと起きあがると、千鳥足で五歩十歩およぐように歩いたが、やがてまた、なにかにつまずいたようにバッタリたおれた。しかし、すぐまた起きなおると、手さぐりをするように、ヨチヨチしながら建物の角を曲がって、すがたが見えなくなった。どうやら足を撃たれたらしく、足をひきずっているようすである。

こう書いてくると、藤子が狙撃してから夜光怪人のすがたが見えなくなるまで、とても長いあいだのように思えるが、ほんとうはそうではなく、それはアッという間のできごとなのだった。

夜光怪人のすがたが見えなくなると、一同ははじめて夢からさめたように、

「それ、夜光怪人が逃げたぞ、とり逃がすな!」

「なに、だいじょうぶ。いかに夜光怪人でも、足を撃たれては遠くはいくまい。それ追っかけろ!」

にわかにさわぎだしたかと思うと、元気のよいのが五、六人、はや、バラバラと窓からとびだした。その先頭に立っているのは、いうまでもなく三津木俊助に御子柴進少年。藤子も猟銃片手にそのグループにまじっていた。

庭はやわらかな芝生におおわれ、稲村ガ崎のがけに向かって、ゆるやかなスロープをえがいている。そしてそのあいだには、点々としてみごとなヒマラヤスギが、からかさのような枝をひろげているのだ。

一同はさっき夜光怪人がすがたを消した建物の角まできたが、そのときだった。思わずアッと、そこに立ちすくんでしまったのだ。

月にそむいたほの暗い影――そのほの暗いがけっぷちから、サッと金色の虹をえがいて、海のなかへとびこんだのは、まぎれもなく夜光怪人。キラキラと夜光虫のような尾をひいて、すがたはがけの下へかくれてしまった。

「しまった！」

「海へとびこんだぞ！」

バラバラとがけっぷちに寄って、海のほうをのぞいてみたが、そこからでは、出ばった岩がじゃまをして、がけのふもとは見えない。

「三津木さん。向こうへいってみましょう」

進の声に、

「よし。藤子さん、きみもきたまえ」

さっき夜光怪人が、とびこんだあたりまできて、そこからがけの下をのぞくと、しまった！　海の上には一隻のモーター・ボートが待っていたのだ。そのモーター・ボートの運転手が、いましも夜光怪人を海のなかから救いあげるところだった。

それを見ると、藤子はキッと、がけの上から射撃の身がまえをした。

「お待ち！」

藤子のするどい声だった。

「待たなきゃ撃つよ」

モーター・ボートの運転手は、いましも夜光怪人を救いあげて、後部にすわらせたところだったが、その声をきくと、ギョッとしたようにがけの上をふりむいた。

「撃つ……？」

「ええ、撃ちます。あたしの射撃の腕前は、夜光怪人にきいてごらん。うごくと許しませんよ」

少女ながらも大したどきょうで、さすがの三津木俊助も、舌をまいておどろいたくらいである。

モーター・ボートの運転手も、これにはちょっと、どぎもをぬかれたようすで、しばらくモゾモゾしていたが、やがて、モーター・ボートの底から、なにやら抱きおこしたかと思うと、

「おい、お嬢さん！」

と、せせら笑うような声でいった。

「撃つなら、撃ってごらん。このひとの、心臓めがけて、ズドンと一発、撃つなら撃ってみるがいいんだ！」

「えっ？」

「ここにいるのがだれだかわかるか。ハ、ハ、ハ、こういったところで、おまえさんはネコじゃねえから、暗闇《くらやみ》では目が見えまい。ほらよ、こうすりゃァわかるだろう」

モーター・ボートの男は、パッと懐中電燈の明かりをつけたが、そのとたん、がけの上にいたひとびとは、アッといっせいに、手に汗をにぎった。

懐中電燈の光のなかに、サッとうきあがったほのじろい顔は、まぎれもなく古宮春彦氏の娘、珠子ではないか。

珠子はまだ麻酔薬がきいているのか、こんこんとして眠っているのだ。

「ハ、ハ、ハ、どうだい。生意気なお嬢さん、これでも撃つどきょうがあるなら撃ってくれ。いのちの的は、このお嬢さんの心臓だ。撃て！　撃て！　やい、撃たねえか」

藤子は銃をおろすと、ヨロヨロとよろめいて、

「珠子さま！」

血を吐くような声で叫ぶと、ひしと両手で顔をおおってしまった。

モーター・ボートの男は、せせら笑うように舌うちをして、

「ハ、ハ、ハ、それじゃ撃つのはやめか、いや、そのほうがりこうだろう。どれ、それじゃ、ボツボツいくとしようか。このお嬢さんは人質にもらっていくぜ。いずれ首かざりとひきかえだ。古宮のおやじによろしくいっておけ」

ダダダダダ！　エンジンがうなりだしたかと思うと、憎さも憎しモーター・ボートは鼻歌まじりに、波をけって沖のほうへ……それにしてもふしぎなのは、そのあいだ、夜光怪人が、ひとことも口をきかないことだった。

古宮家のなげき

古宮家の事件でも、三津木俊助と黒木探偵は、またまた夜光怪人にしてやられてしまった。いやいや、こんどはしてやられたばかりではない。古宮氏のだいじなだいじなお嬢さん、たったひとりの娘を奪われたのだから、こんな大きな黒星はない。

それにしても古宮氏は、あのときどうして地下室などへおりていったのだろうか。それについて古宮氏は、麻酔からさめたとき、こんなふうに話した。

あの大ホールで、珠子や藤子をしたがえ、ひとびとの踊りを見ていると、ふと古宮氏の足もとへとんできた一枚の紙きれがあった。なにげなくひろいあげて読んでみると、そこにはこんなことが書いてあるのだ。

> うちあわせることあり、人目をさけて
> ひそかに地下室へきてほしい

そしてそこには差し出し人の名まえのかわりに、あの奇妙な夜光怪人の、お能の面が書いてあったのである。

古宮氏はドキッとした。夜光怪人がだれかほかの者に渡した紙きれにちがいない——

そう思った古宮氏は、そのことを、俊助や、黒木探偵に知らせようと思って捜したが、あいにく、赤鬼も青鬼も、また進の西洋小鬼のすがたも見あたらない。しかたなしに古宮氏は、じぶんで地下室を調べてみようと思った。

あとから考えると、それこそ夜光怪人の、つくっておいたわなだったのである。古宮氏は、しかし、そんなこととは夢にも知らず、単身地下室へしのんでいったが、するととつぜんうしろから、はがいじめにされたかと思うと、なにやらあまずっぱいにおいのするものを、鼻の上に押しつけられて……それきり気が遠くなったというのだった。

さて、いっぽう、黒木探偵の場合だが、これまた、古宮氏の話にたいへんよく似ているのだった。黒木探偵はホールよりも、ほかのほうが気になって、たえず邸内を見まわっていたが、そのうち古宮氏の居間の前を通りかかると、へやのなかから妙な物音がきこえてきた。ゴトゴトと、そこらじゅうをひっかきまわしているような物音なのだ。

黒木探偵はギョッとした。古宮氏はそのころ珠子や藤子を連れて、ダンスの会場にいるはずだったから、居間にいるはずはない。それでは悪者がしのびこんだのか……。

黒木探偵はソッとドアに耳をよせ、なかのようすをうかがったが、たしかにだれかいるけはいである。そしてなにか捜しているらしいのだ。黒木探偵はドアのにぎりに手をかけると、

「だれだ！　そこにいるのは！」

声とともにへやのなかへおどりこんだが、そのとたん、何者かにうしろから抱きすく

められ、鼻へ押しつけられたのがしめったハンカチ。あまずっぱいにおいが、ツーンと鼻から頭へぬけたかと思うと、クラクラと目がくらんで、そのまま気が遠くなったというのだった。

「いや、古宮氏にたのまれて、首かざりやお嬢さんをお守りしなければならぬわたしが、かえってみなさんにご心配かけて、申しわけございません」

黒木探偵は頭をかいてあやまったが、いまになってどんなにあやまったところで、あとの祭りである。

それにしても、麻酔からさめて、珠子がゆうかいされたときいたときの、古宮氏のなげきはどんなだっただろうか。

「こんなことなら、珠子にほんものの首かざりをかけさせておくのだった。ほんものの首かざりさえ手にいれたら、珠子を連れていきはしなかったろう。なまじ、夜光怪人をからかってやろうと、にせものをかけさせたわしが悪かった。珠子や、許しておくれ」

さすがは古宮春彦氏。俊助や黒木探偵の失敗についてはひとこともぐちをこぼさず、ただひたすらに、じぶんのしたことを後悔している。こうなると、身を切られるようにつらいのが三津木俊助。

「いや、われわれがそばについていながら、こんなヘマをやらかして、なんとも申しわけありません。しかし、夜光怪人がいかに悪人とはいえ、あんなかわいいお嬢さんに、危害をくわえるようなことはありますまい。あいつのほしいのはただ首かざり。いずれ首かざりとお嬢さんを交換しようと申しでてくるにちがいありませんから、そのときこそはウムもいわさず、あいつをひっとらえ、みごとにお嬢さんをとりかえしてごらんにいれます」

「いやいや、三津木さん、あなたのお気持ちはありがたいが、わたしはもう首かざりなどどうでもよい。夜光怪人が珠子と首かざりをひきかえにしようといってきたら、きれいにくれてやります。そのかわり、神さま、珠子にけがやあやまちのないように」

親としてはまことに当然のなげきである。

古宮氏は両手でひしと顔をおおったが、指のあいだから一すじ二すじ、したたりおちるのは、それこそ子をおもう親の熱涙だった。

俊助はだまってひかえていたが、やがて思いだしたように、

「ときに、古宮さん、ちょっとおたずねしたいことがあるのですがね。ほかでもありません。藤子という珠子さんの付き人さんですが、あなたはあの少女を昔からご存じですか?」

古宮氏はふしぎそうに顔をあげて、

「藤子がどうかしましたか?」

「いや、ぼくはあの少女に見おぼえがあるような気がするのです。どこで会ったかはいえませんが、あれはいったいどういう育ちの少女なんですか?」

古宮氏はしばらくだまって、俊助の顔を見ていたが、やがてホッとため息をつくと、

「あれはかわいそうな少女でしてねえ。あの子の父親というのは一柳博士《ひとつやなぎはかせ》といって、有名な考古学者なのです。考古学者というのは、あなたもご存じのとおり、遠い昔の遺跡や遺物を研究する学者ですが、一柳博士はいつか海賊の研究をはじめ、また、海賊の埋めておいたという宝物の伝説を研究しはじめたのです」

奇怪な古宮氏の物語に、三津木俊助と黒木探偵、それから御子柴進少年の三人は、思わず顔を見合わせた。

海賊の宝物

「一柳博士は、はじめ十七世紀ごろのスペインの海賊について研究していましたが、そういう研究なら世界にいくらでもある。そこで、いままで世界で、だれも着手していない研究をしようというところから思いたったのが、八幡船《ばはんせん》の研究なのです」

古宮氏はしずかな声で話をつづける。俊助と黒木探偵、それから進の三人は、熱心に耳をかたむけていた。

「八幡船というのは、みなさんもご存じのとおり、足利時代《あしかがじだい》の末期から、戦国時代へかけて、中国の沿岸をあらしまわった海賊のことで、船のへさきに八幡大菩薩《はちまんだいぼさつ》というのぼりをかかげていたところから、八幡船と中国流に呼ばれ、中国沿岸の住民には、まるで鬼のように恐れられていたものです」

古宮氏はちょっと息をついで、

「一柳博士は、この八幡船の研究をしているうちに、いつのころか、八幡船の大頭目《だいとうもく》に龍神長太夫《りゅうじんちょうだゆう》という男がおったことを知ったのです。なんでも、この龍神長太夫というのは、身長二メートルあまり、力は、百人力あって、ひとたび叫べば、その声が十キロ四方にとどろいたといわれる豪けつ、怒れば鬼神もひしぐという勇者でしたが、また、笑えば幼児もなつくという、やさしいところもあったといいます。この龍神長太夫には、部下が三千人あって、これがいく組かにわかれて、南中国の沿岸から台湾、さらにはベトナムから遠くマレー半島のあたりまで、あらしてまわったということですから、その獲物ときたらばくだいなものだったでしょう」

三津木俊助と黒木探偵は、目をかがやかせて、古宮氏の話をきいていたが、とりわけ、いちばん熱心に耳をかたむけていたのは御子柴進少年だった。進は子どもだけあって、こういう空想的で、冒険的な話が大好きだったのである。息をころして進少年は、古宮氏の話にききほれている。

「さて、部下がもたらした獲物のかずかずのうち、半分は部下にわけましたが、あとの半分は大頭目の龍神長太夫がじぶんのものにし、そのうち半分は貧民たちにほどこしたそうですが、残りの半分はいざというときの用意として、長太夫がたくわえていたそうです。したがって長太夫の手もとに残ったのは、全体の四分の一ということになりますが、なにしろ三千人の部下が十数年のながいあいだにわたって、盗みをほしいままにしてきた獲物ですから、四分の一といえども、ぼくだいなたかにのぼったと考えられます。一柳博士の研究によると、これらの獲物のなかには金銀珊瑚《さんご》はいうにおよばず、インドあたりから盗んできたダイヤ、ルビー、サファイアと、珍しい宝石類なども山のようにあったというので、これらの宝物は、頭目の龍神長太夫によって、どこかへ埋められたきり、いまだに発見されていないのだそうです」

「おじさん、それはほんとうですか。それじゃ、宝物はまだ、どこかに埋められたまま残っているのですね」

進は、目をかがやかせて叫んだ。古宮氏はそれをきくと笑いながら、

「ハ、ハ、ハ、進くんにはこの話が、よほどお気にめしたとみえるね。そうなのだよ。一柳博士の研究によると、長太夫がどこかへ宝物を埋めたという記録は残っているが、それが発掘されたらしいという記録はどこにも残っておらんのだそうだ。なにしろ、とてつもない大宝庫ですから、だれかがそれをとりだして使ったとしたら、なにかのかたちで、歴史や伝説に残っていなければならぬはずだが、その形跡のないところをみると、まだ宝物はどこかの地中に眠っていなければならぬはずだというのが、一柳博士の意見でした。博士はその大宝庫の発見に生涯をささげたのでした」

「それで……それで……おじさん、一柳博士は、その大宝庫を発見できたのですか？」

「そう、発見しました」

「え、古宮さん。そ、それはほんとうですか。そんな夢のような大宝庫が、じっさいに

あったのですか?」

三津木俊助もおどろいてききかえした。

「そうなのです、じっさいにあったのです。げんにわたしはこの目で、博士が持ち帰った宝物の数点をみせてもらいましたから、疑うまでもありません」

「それでは一柳博士は大金持ちになったんですね。そんな大宝庫を発見したとしたら……」

「ところが、それがそういうわけにはいかなかったのですよ」

古宮氏はかなしそうな顔をして、

「それというのが、一柳博士が正直すぎたためでした。なにしろ大宝庫を発見するまでは、博士はほとんど全財産をつぎこんでいましたから、その日の生活にも困るというありさまでした。そこへつけこんで、博士の研究を援助しようと申し入れたのが、大江蘭堂《おおえらんどう》という人物。この男はアメリカ帰りの大金持ちと自称していましたが、それはうその皮で、あとでわかったところによると、いろいろといかがわしいうわさのある男だったそうです。しかし、正直な一柳博士は、そんなこととは夢にも知らず、相手が親切そうにもちかけるまま、こころよく援助をうけたばかりか、たいせつなひとり息子の龍夫《たつお》くんまで、その男にあずけたのです。博士にとってはこれが運のつきでした」

一柳博士に関する、古宮氏の話は、まだまだつづくのだった。

藤子の運命

「龍夫くんというのは、ことし十六歳、進くんとおなじ年ごろですが、大江蘭堂はこの龍夫くんをあずかると、どこかへかくしてしまったのです。つまり、一種の人質ですね。そうしておいていよいよ一柳博士が、大宝庫を発見して帰ってくると、その大宝庫のありかを教えろ、さもなくば、龍夫くんを帰さぬと脅迫したのです」

「ふうん、大江蘭堂というやつは悪いやつですね」

「そうです。悪人です。大悪人です。一柳博士もその時分には、蘭堂の正体を見やぶっていましたから、どうしてその要求に応じましょう。博士はこの大宝庫の富を利用して、大きな社会事業を起こそうというのが念願でしたから、どんなことがあっても宝庫のありかを、蘭堂ごとき悪人に知らせるわけにはいきません。ところがどうでしょう。あくまでも腹黒い大江蘭堂、博士を一室に監禁して、さまざまな拷問で、大宝庫のありかを白状させようとしたのです。このときは幸いにも、令嬢の藤子さん、すなわち、龍夫くんのねえさんのために、危ういところを救いだされましたが、気のどくなのは博士です。よほどひどい拷問をうけたとみえて、それがもとで気が変になってしまったのです」

三津木俊助と進は、思わずアッと顔を見合わせた。黒木探偵もむっつりとして、しきりにあごをなでている。

「古宮さん、博士が気がくるったとすれば、大宝庫のありかは……？」

「そうです。またわからなくなってしまいました。博士はだれにも大宝庫のありかを知らせていませんでしたし、どこにも書き残していませんでした。だから、博士の秘書同様に働いていた、娘さんの藤子さんですら知らないのです。それにもかかわらず大江蘭堂は、あくまで博士親子を脅迫して、大宝庫のありかを白状させようとしていたのです。しかもその脅迫方法というのが世にも恐ろしいもので、あの夜光怪人というのがすなわちそれなのです」

それをきくと、三人は思わず大きく目をみはった。

「そ、それじゃ、おじさん、夜光怪人というのは大江蘭堂という男ですか？」

「そうなのだよ、進くん。

夜光怪人があああして、人目につきやすい夜光衣装を身につけて世間をあらしまわるのは、そのうわさがすぐ一柳親子の耳にはいるようにとの心からだ。つまり夜光怪人が悪事を働くのは、大宝庫の秘密が手にはいらぬからであるぞ、夜光怪人に悪事をやめさせ、世間を安心させようと思うならば、大宝庫のありかを白状しろと、あれはみんな一柳博士に対するおどしなのです」

「悪人！　悪人！　なんという大悪人でしょう。しかし、一柳博士はなぜ、そのことを警察にうったえてでないのですか」

「どうしてそんなことができましょう。実をいうと一柳博士ですら、大江蘭堂とは何者か、また、かれのほんとうの住居はどこにあるのか、よく知っていなかったのです。大江蘭堂というのは変装の名人で、いろんな変装のもとに、いろんな生活をしているらしく、一柳博士にもその正体がわかっていなかったのです。それに龍夫くんのこともある」

「ああ！」

三津木俊助と進は、思わずため息をついた。

「一柳博士だとて、わが子はかわいい。もし蘭堂をおこらせ、龍夫くんの身に万一のことがあってはと思うと……つい引っこみ思案になるのも無理ではないでしょう。気が変になったといっても、一柳博士は世間一般の病人とちがって、ふだんはなんのかわりもなかったのです。ただ、大宝庫のことになると、なにもかもいっさい忘れてしまったのです。だから、精神病というよりも、記憶喪失症といったほうが正しいのかも知れませんね」

「なるほど、あまりひどい拷問をうけたので、そのショックから、宝庫のありかだけを忘れてしまったのですね」

「そうです、そうです」

「それで、博士はその後どうしましたか」

「死んだということです。いや、夜光怪人に殺されたということです」

三津木俊助と進は、ギョッとして顔を見合わせたが、俊助は急にからだをのりだして、

「わかりました。いつぞや、防犯展覧会のなかで殺されていたご老人が……」

古宮氏は暗い顔をしてうなずくと、

「そうだったそうです。わたしはちかごろになって、やっとそれを知ったのです。それというのが、娘の藤子さんが、わたしをたよってきたので、表面は珠子の付き人ということで、めんどうをみることになったのですが、その口から、いまお話ししたようなことを、はじめてきいておどろいたというわけです」

「しかし、おじさん、藤子さんはおとうさんまで殺されながら、どうして警察へそのことを知らせなかったのですか？」

「それというのも、やっぱり龍夫くんのことがあるからだよ。藤子というのは勝気な娘で、じぶんひとりで、夜光怪人と戦うつもりなのです。そして、ぶじに龍夫くんを救いだし、また、大宝庫をじぶんの手で発見するまで、なにびとの力も借りぬといっているのです」

古宮氏の長話もやっと終わった。あの怪少女藤子の行動については、まだまだ、なっとくのいかぬところもあったが、それでもだいたいの事情はわかった。

ああ、なんという不幸な少女だっただろうか。せっかく父が大宝庫を手に入れながら、悪人のワナにおちいったために、父は殺され、弟をうばわれ、その口惜《くや》しさは想像以上のものがある。だからこそ藤子は、だれひとり信用せず、復讐《ふくしゅう》の鬼となって、ひとりで夜光怪人と戦おうとしたのだろう。危うきかな、藤子！

そこへ使用人のひとりが一通の手紙を持ってきた。

「だんなさま、藤子さんがこのお手紙を、だんなさまにお渡ししてくれとおっしゃって」

「藤子が……?」

おりもおりとて一同はギョッとして顔を見合わせた。古宮氏はとる手おそしと手紙の封を切ったが、すぐまっさおになると、

「ああ、これはいけない!」

俊助が急いでその手紙をうけとって読んでみると、そこにはこんなことが書いてあるのだった。


古宮のおじさま。いろいろお世話になりながら、お別れのごあいさつもせずにおたくをでていく藤子をお許しください。わたしが現在おそばについていながら、珠子さまを敵にうばわれたとあっては、とても、おめおめおじさまにお目にかかることはできません。藤子は決心しました。じぶんの身を犠牲にしても、珠子さんをお救いしなければおかぬと。わたしは戦います。夜光怪人、大江蘭堂と戦います。あいつをたおすか、わたしがたおされるか、最後の最後まで戦います。では、おじさま、ごきげんよろしゅう。

藤子より

ああ、勝気なる藤子！

彼女の気性としては、無理もないところかも知れないが、それにしても、なんという無鉄砲なことだろう。牛車にはむこう蟷螂《とうろう》の斧《おの》（カマキリのカマ）とはこのことではないか。

怪少年

夜光怪人にゆうかいされた、古宮氏の令嬢、珠子は、その後、どうなっただろうか。さらにまた、単身、夜光怪人と戦うために、古宮家からすがたをくらました、けなげな藤子は、あれからどうしただろうか。

それらのことは、しばらくおあずかりとしておいて、こちらは三津木俊助である。

思えば『人魚の涙』の事件といい、さらにまた、こんどの古宮荘の事件といい、かさねがさねの失敗に、すっかりしょげこんだ俊助が、いまさらのように思いだされるのは、名探偵金田《きんだ》一耕助《いちこうすけ》のことだった。

金田一耕助といえば、しょくんはもうご存じかもしれない。よれよれの着物によれよれのはかま、いつ床屋へいったかわからぬくらい髪をもじゃもじゃにして、身なりや顔つきこそ貧弱だが、犯罪捜査にかけては日本でも一、二といわれるほどの名探偵なのだ。

この金田一耕助は、昔から俊助とうまがあい、私立探偵を開業するようになってからは、こよなく俊助を愛し、こよなく俊助を信頼して、ふたりいっしょに働いた事件はかぞえきれないほど。三津木俊助が新日報社の花形記者として有名なのも、実をいえば、金田一耕助のような名探偵がついていたからだといっていい。

ところがこの金田一耕助、ちかごろなにを考えたのか、探偵事務所を休業して、三津木俊助がどんなに引っぱりだしにいっても、がんとしてきかないのである。

俊助がいかに口をすっぱくしてたのんでも、いっこうにおみこしをあげようとしないのだ。実はこんどの夜光怪人の事件が起こってからも、俊助はなんどかれの家まで足を運んだかわからないが、とうとう、金田一耕助を引っぱりだすことはできなかったのだ。

俊助はきょうもきょうとて、金田一耕助のことを考えながら、町をブラブラ歩いていた。

珠子がゆうかいされてからきょうで五日め、俊助は毎日のように、鎌倉にある古宮家と、電話でれんらくをしているのだが、いまだに夜光怪人からは、なんのおとさたもない。むこうからなにかいってくれれば、それを手がかりに、捜査の糸もたぐっていけるのだが、夜光怪人のほうでもよっぽど用心しているらしく、なかなかしっぽをだしそうもない。

俊助はまた、古宮氏から話にきいた、大江蘭堂なる人物を調べてみた。しかし、これもまるで、雲をつかむような存在で、まるで正体がつかめない。

ああ、こんなときに金田一耕助がいてくれたら……そう考えると、なんとかして、か

れを引っぱりだす工夫はないものかと、あれこれ思案にくれながら歩いている俊助の耳に、ふときこえたのは、

「やあ、こいつはすてきだ！」

と、すっとんきょうな子どもの声。

その声に俊助がふと顔をあげると、そこはしずかな住宅街で、ながながとつづいた塀《へい》に、大きなポスターがはってあり、そのポスターの前に、見すぼらしいみなりをした少年がひとり立っている。

「やあ、これはすてきだ、ぼくも見たいなあ！」

少年がまた大声をあげた。

いったい、なにがそんなにすてきなのか、俊助もふと好奇心を起こして、塀のそばへ近よると、少年のうしろから、ポスターをのぞいてみたが、そこにはこんなことが書いてあるのだった。

極東サーカス　いよいよ公開
鳥人ジミー小島の手に汗にぎる妙技
空中大サーカス　六月十一日より後楽園にて

そして、そこには空中にはられた、ロープからロープへととびうつる、鳥人ジミー小

島のすがたが、けばけばしい絵の具でかいてあり、『六月十一日より後楽園にて』と書いた文句の上には、白抜きで矢印がつけてある。

なるほど、これでは子どもが見たがるのも無理はないと思いながら、なにげなくそのポスターを見ていると、なにを思ったのかその少年は、ポケットからチョークをとりだすと、ポスターの上の矢印にクルリと丸をつけた。そして、それきり、俊助のほうを見むきもしないで、スタスタいってしまった。

〈おやおや、変なことをするな〉

俊助はちょっと妙に思ったが、べつに深くもあやしまず、さっきのつづきで金田一耕助のことを考えながら歩いていったが、するとまたもや、

「ああ、ここにもポスターがはってあらア」

と少年の声。

なにげなく俊助が顔をあげると、そこの道ばたにも、極東サーカスのポスターがはってあるのだ。そして、さっきの少年がまたしても、そのポスターの前に立っているのだ。

〈おやおや、この子は、よっぽど、サーカスを見たいらしいな〉

俊助がほほえましいような、いじらしいような気持ちで見ていると、少年はまたポケットから赤いチョークを出し、

『いよいよ公開』

と、書いてある、公開という二字に丸をつけた。そして、そのままスタスタと歩いて

いくのだ。

俊助はちょっと妙に思った。いったいあの子はなんだって、こんないたずらをするのだろう。さっきは矢印に丸をつけ、こんどは公開という字に丸をつけたのである。これには、なにか意味があるのだろうか。それとも単に子どもらしいでたらめのいたずらだろうか。俊助の胸はしだいにあやしくみだされてきた。そこは新聞記者のことで、そのまま見のがしてしまえない、なにものかを感じたのである。

〈よし、ひとつあとをつけてやれ〉

そう決心した三津木俊助は、見えがくれに、怪少年のあとをつけていった。

極東サーカス

見たところその少年は、御子柴進《みこしばすすむ》少年とおなじ年ごろだが、恐ろしく見すぼらしいみなりをしている。

上着もズボンもボロボロで、いたるところに、さけた布がつららのようにさがっている。靴《くつ》もパックリと大きな口をあけ、頭にかぶった鳥打帽も、クシャクシャに形がくずれているのだ。

だが、それよりもあやしいのは、六月という陽気にもかかわらず、口に大きなマスクをかけ、おまけに目が悪いのか片方の目に黒い眼帯をかけているのだ。だから顔のなかで見える部分といったら、ごくわずかしかない。

〈ひょっとすると、あれはわざと、顔をかくしているのではあるまいか……〉

そう考えると、俊助の心は、いよいよあやしくみだれてきた。たかが子どもといってもゆだんはならない。

俊助は用心ぶかく相手にさとられぬように注意しながら、あとをつけていったが、するとまもなく少年は、にぎやかなバス通りにでた。そのバス通りの四つ角に、公衆電話ボックスがあり、そのボックスの壁に、また、極東サーカスのポスターがはってある。

怪少年はそのポスターの前に立って、しばらくながめていたが、やがてまた、ポケットから赤いチョークをとりだすと、なにやらすばやくポスターの上にいたずらして、それからサッと身をひるがえすと、おりからやってきたバスに、ヒラリととびのってしまった。

俊助は思わずアッと息をのむと、

「しまった！」

と、口のなかで叫んで公衆電話のそばにかけよった。見るとそのポスターの「鳥人ジミー小島」と、書いた文字の人という字に、赤いチョークで印がつけてあるではないか。

俊助は、思わずぼうぜんと目をみはった。

いったい、これはどういう意味か。——最初が矢印で、つぎが公開という二字、そして三度めが人という文字。矢印に公開に人——矢公開人ヤコウカイジン。夜光怪人……。

俊助は思わずアッと、道ばたでとびあがった。

ああ、なんということだ。あの怪少年が残していったことばの謎《なぞ》は、夜光怪人であったのだ。

夜光怪人――夜光怪人――それではいまの少年は、夜光怪人の手先だったのだろうか。

いやいや、それにしてはわざとじぶんの目につくように、謎のことばを残していったのがふしぎである。ひょっとすると、そこに何かのわなが用意されているのではあるまいか……。

俊助はキッと、くちびるをかみながら、しばらくポスターのおもてをながめていたが、やがて気がついてあたりを見まわすと、怪少年をのっけたバスは、すでにもう、影も形も見あたらなかった。

〈しまった。こんなことならもう少し、少年のそばにくっついているんだった！〉

いまさらくやんでもあとのまつりである。だが、それにしてもあの怪少年が謎のことばを残すのに、極東サーカスのポスターを利用したのは、単なるぐうぜんだったのだろうか。

いやいや、ひょっとすると、あのポスターに大事な意味があるのではないだろうか。つまり極東サーカスに、何かしら夜光怪人にからまる秘密が、ひそんでいるのではあるまいか。

〈そうだ、よし、これから極東サーカスへ、いってみてやれ〉

決心すると、俊助もすぐに、後楽園行きのバスにとびのった。

極東サーカスというのは、後楽園遊園地にある空き地にテントを張って、つい最近興行をはじめたばかりなのだが、なによりも、水ぎわだったジミー小島という曲芸師の空中のはなれ業が、実にみごとなものだから、これがひょうばんになってたいへんな大入りだった。

三津木俊助も、かねてからそのうわさはきいていたが、じっさい見るのはきょうがはじめてである。なるほど、たいへんな人気と見えて、大きなテントをとりまいて、見物人がおおぜい列をつくっている。

俊助はなにげなくその見物人を見ていたが、ふいにギョッとして息をのみこんだ。見物人のなかにひとり、見おぼえのあるすがた――それはたしかに、さっきの怪少年ではないか。

怪少年のほうでも、俊助のすがたに気がついたのか、あわてて列をはなれると、テントをまわって、裏のほうへ逃げていく。俊助もこんどはのがさじと、急いであとを、追いかけた。

怪少年はテントのうしろがわへやってくると、キョロキョロあたりを見まわしたのち、すばやく楽屋口からなかへとびこんだ。

いよいよあやしい少年のそぶり。俊助も用心ぶかく楽屋口の前までくると、ソッとなかをのぞいてみたが、幸い人影も見えない。さっきの怪少年もどこへいったのか、影も形もない。

テントの中では、いましも曲芸が演じられているらしく、にぎやかな音楽の音、おり おり拍手の音がきこえてくる。

俊助は用心ぶかく、テントのなかへすべりこんだ。

と、見れば右手のほうに、白いカーテンをたらした小べやがあり、カーテンの裏がわから、ヒソヒソとひとの話し声が、きこえてくる。俊助はぬき足さし足、そのカーテンの前まで忍んでいったが、と、とつじょとしてカーテンの向こうから、

「は、はいりたまえ。三津木俊助くん、さっきから待っていたよ」

ききおぼえのある声に、俊助は思わずアッと、カーテンをまくってとびこんだが、

「ああ、あなたは金田一さん!」

思わずそこに、棒立ちになってしまったのだった。

金田一耕助登場

いかにもそれは金田一耕助だった。例によってよれよれの着物にはかますがたで、スズメの巣のようなもじゃもじゃの髪の毛を、手でかきまわしている。

三津木俊助はあまりの意外さに、しばし、ぼうぜんとして立ちすくんでいたが、やがて、うれしそうに金田一探偵にとりすがると、

「金田一さん、ほんとうに金田一さんですね。あなたがどうしてここに……？」

と、そこまでいって、思いだしたように、キョロキョロあたりを見まわすと、

「それにしても、さっきの怪少年は、どうしました。あの怪少年は……？」

金田一耕助はにっこり笑うと、

「ハッハッハッ、怪少年はよかったね。おい、怪少年、こっちへでてきたまえ」

すぐさま、はいと答えて、カーテンの陰からあらわれた少年の顔を見て、三津木俊助は目を丸くしてびっくりした。

「や、や、や、き、きみは御子柴進くん……！」

「ハッハッハ、三津木くん、きみはいままで気がつかなかったの、これが進くんだということに」

「やられました。だって、大きなマスクと片目に眼帯をかけていて、ぜんぜん顔が見えなかったんですもの……」

「三津木さん、どうですか。ぼくの変装術もまんざらではないでしょう」

こじき少年のように、ボロボロの洋服を着た進は、まんまと俊助をいっぱいかついだうれしさに、大得意になってよろこんでいる。

「いや、まいった。完全にやられたよ。しかし、金田一さん、これはいったいどういうことですか。進くんになんだって、あんないたずらをさせたんです？」

「実はね。きみにここへきてもらいたかったので、ちょっと進くんに手伝ってもらった

のだ。いずれ、好奇心の強いきみのことだから、進くんにああいうまねをさせれば、きっとあとをつけてくるだろうと思ってね」

「しかし、金田一さん、なにもそんなまわりくどいことをなさらずとも、ご用があるなら、そうおっしゃってくだされればよかったのに……」

「いや、それがそういうわけにはいかないんだ。きみは知るまいが、きみのまわりには、夜光怪人のスパイがいつもついていて、きみの行動を監視しているんだ。だから、きみと秘密に会おうと思えば、ああいう手段をとるよりほかはなかったんだよ」

「金田一さん、するとあなたは、いよいよ夜光怪人の事件に乗りだしてくださるんですか」

「ああ、ぼくも決心した。それというのがこの進くんだ。進くんがね、このあいだから毎日のようにやってきて、なんとかして、三津木さんに力をかしてあげてくださいとたのむんだ。その熱心さにぼくも負けた。それで、およばずながら力をかそうと決心したわけだ」

　これをきいて、俊助のよろこびは、たとえようもなかった。

「金田一さん、ありがとうございます。いや、進くん、ありがとう。もし、夜光怪人をみごとにとらえることができたら、第一の手がらは、金田一さんを引っぱりだした、進くんということになるだろう。ありがとう、ありがとう」

　それから俊助は、金田一耕助のほうにむきなおって、

「しかし、金田一さん、あなたがぼくと会う場所を、このサーカスのテント小屋にえらばれたというのは、なにか特別の意味があるのですか。このサーカスと夜光怪人のあいだに、なにか関係があるのですか?」

「フム、そのことだがね。実は……ああ、ちょうどいいところへやってきた。紹介しよう」

金田一耕助が立ちあがったとき、カーテンをあけてはいってきたのは、ひと目でサーカスの団長と知れる大男。赤の服に金や銀の糸をちりばめた、けばけばしい服装をして、鼻の下にはピンと八字ひげ、手には猛獣を使うむちを持っている。

「三津木くん、こちらが極東サーカスの団長で、ヘンリー小谷《こたに》くん。小谷さん、こちらが新日報社の三津木俊助くん」

と、紹介をおわると、

「小谷さん、あなたから三津木くんに、このあいだのことを話してやってくれませんか」

「はあ」

ヘンリー小谷は八字ひげをひねりながら、俊助のほうにむかって、かるく一礼すると、こんな話をはじめたのだ。

「あれは今月のはじめのことでしたな。このサーカスへ見知らぬ人物がやってきて、ジミー小島……ご存じでしょう。空中サーカスの人気者です。あれをひと晩、かしてくれまいかというんです。わけをきいてみると、仮装舞踏会の余興に使うのだということでした」

仮装舞踏会ときいて、俊助は思わずドキリと目をみはった。

「小谷さん、お話のさいちゅうですが、その仮装舞踏会というのは、もしや、鎌倉の古宮家ではありませんか?」

「そうです、そうです。その古宮家の余興として、いまひょうばんの高い夜光怪人に化けて、お客さまをおどろかせてやりたいが、それには、ぜひとも、ジミー小島をかしてもらいたいというのでした」

ああ、これはどういうことなのだろう。それでは、あの夜、すばらしいはなれわざをやって、会場の客をおどろかした、夜光怪人とは、サーカスの曲芸師、ジミー小島だったのではあるまいか……。

俊助の胸はあやしくみだれてくるのだった。

解ける謎

そうなのだった。ヘンリー小谷の話をきくと、あの夜、古宮邸をさわがせた夜光怪人というのは、実に曲芸師ジミー小島であったのである。ジミー小島はむろん、悪だくみがあろうなどとは夢にも知らず、ただ、余興のつもりで、あの大シャンデリアの上にひそんでおり、おりを見て来客一同をおどろかせるすばらしい曲芸を演じて見せたのだ。

「それをあなた、ほんものの夜光怪人とまちがえられ、ズドンと一発、足を撃たれたので、すっかりびっくりしてしまったんです。それと同時に、こいつは妙だと、はじめて気がついたといいます。これには何かの悪だくみがあって、うっかりここでつかまったら、ほんものの夜光怪人にされてしまうのではなかろうか、……そう気がついたものですから、必死になって逃げていたところ、がけの下から、はやくとびこめという者がある。しかし、足をけがしている身であってみれば、うっかりとびこみもできません。そこでその場にあった石に夜光衣装をくるんで海のなかへ投げこんだんです。そして、みなさんがそのほうへ気をとられているうちに、ほうほうの態《てい》で古宮家から逃げだしたということです」

俊助にとっては、それはおどろくべき事柄ばかりだった。

「それじゃ、あのときボートに救いあげられたのは……？」

「ありゃァ、夜光衣装ばかりで、中身はもぬけのカラでしたよ。それを夜光怪人の一味が、モーター・ボートのエンジンにかぶせて、いかにもひとらしく見せかけたのです」

そういえば、あのとき、モーター・ボートに救いあげられた夜光怪人は、ひとことも口をきかず、また、身動きもしなかったが、さては衣装ばかりで、中身はもぬけのカラだったのか……。

「そして、ジミー小島くんをかりにきた男というのは、いったい、どんな人物でした？」

「それがね、よくわからないんですよ。大きな黒めがねにマスクをかけていたので、顔はぜんぜん見えなかったのです。じぶんでは古宮家の使用人だといっていましたが、むろん、それはうそで、あれこそ夜光怪人か、あるいはまた夜光怪人の子分だったにちがいありません」

ああ、それは俊助にとっては意外なことばかりだった。じぶんたちの注意を集めたあのはなれわざのぬしが、ほんとの夜光怪人でなかったとすると、ほんものの夜光怪人はどこにいたのだろう。まんまと珠子をゆうかいしていったからには、あの夜、夜光怪人が、古宮家に忍びこんでいたことはいうまでもない。その夜光怪人はどこにいたのか。……そこまで考えてきたときだった、俊助はハッとあることに気がついて思わず大きく息をうちへ吸いこんだ。

金田一耕助はにっこり笑って、

「ハ、ハ、ハ、三津木くん、やっと気がついたね。だれが夜光怪人であったか……」

「金田一さん、それじゃ、やっぱりあいつが……」

「そ、そうだよ。ねえ、三津木くん、世のなかに密室の犯罪なんてありえないことだよ。錠をおろしたへやのなかで、人間が消えてしまうなんてことはありえないのだ。きみだって、それくらいのことは気がついていたのだが、ジミー小島の化けた、余興の夜光怪人についだまされて、考えがこんぐらがってしまったのだよ。ここでもう一度、あの晩、古宮家の一室で、夜光怪人と珠子さんが消えてしまったときのことを思いだしてみようじゃないか」

金田一耕助はどもりながらいうと、

「あ、あの晩、古宮氏に化けた夜光怪人は、珠子さんとともに、古宮氏の居間へはいっていって、なかから錠をおろしてしまった。ところが、それからまもなく、きみがドアをうちやぶって、居間へはいったときには、だれもそこにはいなかった。珠子さんも夜光怪人も煙のように消えていた。もっともそのへやには窓があることはあったけれど、下は断崖絶壁《だんがいぜっぺき》だから、珠子さんを抱いて、そこからはいだすなど思いもよらない。そ、そこで、ふたりは煙のように消えてしまったということになったが、ほんとにそのへやにはだれもいなかったろうか。いや、のちになってそのへやから、ひとりの人間が発見されたはずじゃないか」

「そうです。黒木探偵が……」

俊助はのどがつまるような声で、ことばをはさんだ。ああ、なんということだろう。それでは黒木探偵が……。

「そ、そうだよ、夜光怪人なのだよ。それよりほかに、あの謎を解くカギはないのだ。黒木探偵は古宮氏の仮装をかりて、珠子さんを居間に連れこみ、麻酔薬でもって眠らせてしまった。そして、その腰にロープをまきつけ、これを窓からおろしたのだ。窓の外にはモーター・ボートが待っていて、珠子さんをうけとった。いっぽう黒木探偵は、夜光怪人の衣装を窓から投げすて、よろいのなかへもぐりこむと、みずから麻酔薬をかいで眠りこけたのだ……」

「そうでした。ぼくもあのとき、ふいとそういう疑惑を感じたのですが、ちょうどそのときホールのほうへ、夜光怪人があらわれたというので、つい、そのままになってしまったのです」

「それなんだ。夜光怪人がジミー小島をやとったというのも、つまりは、ひとびとの疑いをそらすためだったのだ。

わたしはね、夜光怪人のはなれわざをきいて、なんぼなんでもそれではあまり曲芸がうますぎる。とてもしろうとにできるわざではない……と、そう気がついたものだから、いまひょうばんのジミー小島に目をつけて、このサーカスへやってきたのだ」

「ジミー小島もヘンリー小谷くんも、知らぬこととはいえ、夜光怪人の身がわりになったなどといえば、どのような疑いをこうむらぬものでもないと、いままでだれにも語らなかったのだが……」

意外や意外、黒木探偵が夜光怪人であったろうとは！

「それで、ジミー小島くんはどうしていますか。ちょっと会って話をききたいのですが」

「はあ、ジミーは足に負傷をしましたが、幸い、傷は浅かったので、きょうからサーカスにでることになって、いま曲芸を演じているところです。もうまもなくおわって、こちらへ帰ってまいりましょう」

だが、そのときだった。

舞台のほうから、にわかにきこえてきた恐ろしい叫び声、それにつづいて、ワッとなだれをうつような、見物人のどよめき、悲鳴、叫び声……。

ああ、極東サーカスのなかでは、いったい何ごとが起こったのだろうか。

ブランコの女王

密室の謎は解けた。夜光怪人の正体も明らかになった。

三津木俊助にとって、それはこのうえもなくうれしいことだったが、それにもまして俊助がよろこんだのは、名探偵金田一耕助が、いよいよ出馬の決心をしてくれたことだった。金田一耕助の協力をうることは、百万人の味方をえるより力強いことなのだから、俊助がこおどりせんばかりによろこんだのも無理はないが、ここでは話を少しまえにもどして、おりからサーカスの大広場で、演じられていた曲芸について話をすることにしよう。

呼び物の空中大サーカス。ジミー小島いのちがけのはなれわざ――それがそのとき、演じられていた曲芸なのである。あれ、見よ、テントの空高く、丸く輪をえがいてぶらさがった花のブランコ、ひとつは中央に、あとの十二はそのブランコをとりまいて、丸く円をえがいている。そして、そのブランコには少女のほかに、ジミー小島がのっていた。

さて、中央の少女だが、これがこの曲芸の女王と見えて、黄金の冠《かんむり》を頭にいただき、ひだの多い純白のスカート、首には三重の首かざり、右手に持ったのは、真珠をちりばめた羽根扇、それこそ、目のさめるようなきらびやかないでたちだったが、ふしぎなことにこの女王、紫のマスクをつけているので、きれいな歯なみや口もといがいには、少しも顔が見えないのだった。

さらにもっとふしぎなのは、この女王はしろうとらしく、ブランコの上へあがるにも、ほかの少女たちがスルスルとじぶんでロープをのぼっていったのに、この少女ばかりは、ジミー小島におんぶされて、やっとそこまであがったのだ。おまけにジミーはこの少女を、落ちないように用心ぶかくブランコにしばりつけてやった。ああ、こんなたよりない曲芸師ってあるものだろうか。

いやいや、それよりもっとふしぎなことがある。というのはこの女王の目つきなのだ。紫じゅすのマスクの下から、のぞいているふたつの目は、まるで夢見るごとくうっとりとして、じぶんがいま、どこにいるのか、それさえわきまえないもののようである。ああ、このふしぎな女王さまとは何者なのだろうか。

それはさておき、やがてはなやかな音楽がはじまると、その音楽の音につれて、十二のブランコがゆれだした。中央のブランコを中心として、交互《こうご》にゆれているところを見ると、まるで大きな花が、ひらいたり、つぼんだりしているように見えるのだ。と、このときだった。

さっきから中央のブランコにつっ立って、呼吸をはかっていたジミー小島が、サッとばかりに身をおどらせてダイビングすると、クルリと空中で一回転、みごと十二のブランコの、ひとつにうまくとりついた。

見物人のあいだからアラシのような拍手。

しかし、ジミーの曲芸は、これでおわったわけではない。ひと息いれるとジミー小島がまたもやクルリと空中転回、みごともとのブランコにもどったが、さあ、これからが、いよいよかれの腕の見せどころだった。

中央のブランコを中心として、息もつかずにつぎからつぎへと、十二のブランコにとびうつるそのあざやかさ。それこそ鳥人の名にはずかしからぬ曲芸だが、そのかわり、文字どおりいのちがけのはなれわざでもあったのである。

もし、ジミー小島の空中転回が、ちょっとでも調子がくるったら……あるいはまた、十二のブランコのゆれかたにほんのちょっとでも狂いがあったら……そのときこそはジミー小島は、十数メートルの高さから、まっさかさまにてんらくしなければならないのだ。しかも下には、網も布も張ってないのだから、落ちたが最後、地面にたたきつけられて、肉も骨も、くだけてとんでしまうのだ。

あまりにだいたんなこの曲芸に、見物人はもう拍手も忘れて、手に汗をにぎっていたが、このときだった。小屋のなかでもいちばん上等の席へ、すがたをあらわしたひとりの紳士があった。

帽子をまぶかにかぶり、黒めがねをかけ、いかにも人目をしのぶいでたちだが、注意してみると、これこそ、ほかならぬ古宮氏であった。古宮氏はソワソワと、サーカスのなかを見まわしていたが、やがてそっとポケットから、しわくちゃになった紙をとりだしてみた。その紙きれにはこんなことが書いてある。

いま後楽園で興行中の、極東サーカスの特別席へ、ダイヤの首かざりを持ってこい。そうすれば珠子をおまえにかえしてやろう。もしこのことをほかの人間に告げたりすれば、珠子のいのちはないものと思え

そして、その下には、お能の面のような、夜光怪人のぶきみなマークが書いてあった。古宮氏はその紙きれをもう一度読みなおすと、ひたいににじんだ汗をぬぐい、キョロキョロあたりを見まわしたが、そのときだった。古宮氏のうしろにたれているカーテンの向こうから、低いぶきみな声がきこえてきた。

「よく、きた、古宮氏」

アッと叫んで古宮氏が、うしろをふりかえろうとするのを、じっと押さえた低い声が、

「こら、うしろをむいてはならん。向こうをむいたまま、わしのことばに返事をしろ。首かざりは持ってきたか」

「持ってきた」

「だれにも、きょうのことはいってないだろうな」

「いってない」

「よし、それでは首かざりをこちらへだせ」

カーテンのあいだから、ヌーッと手がでてきたが、いかにひとのいい古宮氏とて、その手にのるはずはない。

「珠子、……珠子はどこにいるのだ。珠子をかえしてもらわぬうちは、めったにこの首かざりは渡さないぞ！」

すると、カーテンのうしろから、ぶきみなふくみ笑いの声がきこえて、

「珠子か、珠子ならおまえの目の前にいる」

「どこに……？」

「見ろ、あのまんなかのブランコを！」

古宮氏はその声に、なにげなくブランコに目をやったが、そのとたん、からだじゅうの血が、こおってしまいそうな恐怖にうたれたのだった。

飛んできた短剣

ああ、なんということだ。あの中央のブランコで、うつろな目をみはっているのは、まぎれもなく珠子ではないか。たとえマスクで顔はかくしていても、そこは血をわけた親子である。古宮氏はひと目でそれと見やぶると、髪の毛が白くなるような恐怖を感じ

たのだった。

カーテンのうしろの声はせせら笑って、

「どうだ、これでよくわかったか。ここできさまが変なまねをしてみろ。おれがジミーに合図をする。ジミーはおれの味方だから、合図がありしだい、ブランコを切って落とすことになっているのだ。ブランコを切って落としても、ジミーはほかのブランコにとびうつるからだいじょうぶだ。

どうだ、わかったか」

ああ、なんという悪知恵だろう。珠子をふつうに連れてくれば、首かざりもとれずに、うばいかえされるかもしれないと、こういう悪知恵をはたらかせたのである。

現在、目のまえでかわいい娘が、このような危険な立場に立っているのを、親として、どうしてみていることができるだろうか。

古宮氏は全身にビッショリ汗をかきながら、

「それじゃ、首かざりを渡したら、あのまま娘は助けてくれるのか？」

「それはいうまでもないことだ。首かざりさえこっちへもらえば、むざむざ殺すようなことはしたくない」

「ほんとうだな」

「うそはいわぬ」

「よし」

古宮氏はポケットから、首かざりをおさめた皮のケースをとりだしたが、そのときだった。とつぜん、中央のブランコから、大きな声がふってきた。

「アッ、それを渡しちゃいけない！」

「えっ？」

と、おどろいて古宮氏が、ブランコのほうをふりあおぐと、どなっているのはジミー小島。ジミー小島はブランコの上から、この場のなりゆきを見ていたらしいのだ。

「わたしはそいつの味方ではない。味方と見せかけ、そいつをここまでおびきよせたのです。お嬢さんはきっとわたしがお守りします。首かざりを渡しちゃいけません」

それからジミーは見物人にむかって、

「それ、みなさん、向こうの特別席のカーテンのうしろに、夜光怪人がかくれていますぞ。みんなであいつをつかまえてください！」

と、大声でどなったからたまらない。見物人はワッと叫んで総立ちになったが、金田一耕助や三津木俊助が、楽屋できいたさわぎというのは、じつに、このときの騒動だったのである。

ところで、こちらは夜光怪人、カーテンのうしろでジミーの声をきくと、

「おのれ、裏切り者！」

ギリギリと歯ぎしりをかむような音がきこえたかと思うと、カーテンをわって、ヌーッとでてきたのは、奇妙な一本の棒だった。

古宮氏はうろたえているので、はじめはそれが、なんであるかわからなかったが、それこそ夜光怪人の秘密の武器。見たところはステッキそっくりなのだが、そのなかには、恐ろしい殺人機械がかくされていたのだ。

恐ろしい殺人棒は、カーテンのうしろから、キッと空中にねらいをつける。ハッとわれにかえった古宮氏が、あわててその棒にとびつこうとしたときだった。そのほおをかすめて、サッとなにかが空中にとんだかと思うと、つぎの瞬間、

「うわっ！」

と、いうすさまじい叫び声。それと同時にブランコからジミー小島がもんどりうって、地面に落ちてきたのだ。見ればその胸にはグサッと一本の短刀が……。

ああ、わかった、わかった！　夜光怪人の秘密の武器とは、短刀発射銃なのだ。それならば音もせず、また場合によっては、短刀でつき殺したように、見せかけることもできる。

それはさておき、ジミー小島がむざんにも地面にたたきつけられるのを見た見物人は、いよいよワッと浮き足立ったが、そのとき、カーテンのうしろから、ヌーッとのびた一本の手が、古宮氏の持っている、首かざりのケースをうばうとみるや、そのまま向こうへ消えてしまったのだ。

こう書いてくるときみたちは、そのあいだいかにもゆっくりしているようで、金田一耕助や俊助は、なにをしているのだろうと思うかもしれないが、ほんとうをいうと、じ

つにそれはいっしゅんのできごとだったのである。

さわぎをきいて金田一耕助や俊助が、楽屋からとびだしてきたときは、すでにすべてがおわったあとなのだった。

あわれ、ジミー小島は、夜光怪人の味方と見せて、かえってかれをとらえようとしたために、飛んできた短剣に胸をえぐられ、ブランコからてんらくして、はかない最期をとげてしまったのである。

それにしても憎むべきは夜光怪人！

それはさておき、あわれなジミー小島の死体をとりまき、金田一耕助や三津木俊助、さては御子柴進少年が、ぼうぜんとして立ちすくんでいるとき、取り乱した様子でかけつけてきたのは古宮氏。

「ああ、助けてください。助けてください。娘が……娘が……」

その顔を見ておどろいたのは俊助である。

「おお、あなたは古宮さんではありませんか。どうしてあなたがこんなところへ……？」

「おお、三津木さん！　よいところへきてくれました。珠子が……珠子が……あの、まんなかのブランコに……！」

それだけいうと古宮氏は、安心したのか、そのままバッタリ気をうしなってしまった。子を思う親の情として、まことにそれも無理のないところだろう。

ライオンの声

サーカスのひとびとの手によって、珠子はぶじに助けおろされた。かの女は麻酔薬をかがされていたのだが、それもまもなくさめた。そして、これまた意識をとりもどした古宮氏とふたり抱きあって、どんなによろこんだことだろう。

それらのことはあまりくどくなるので、ここではいっさいはぶくことにするが、ただ、残念なのは、夜光怪人をのがしたことで、あの鬼のような夜光怪人は、ジミー小島を殺したうえに、まんまと古宮氏の首かざりをうばいとり、さわぎにまぎれて逃げてしまったのである。

さて、その日は古宮氏と珠子は、鎌倉へ帰るのを見合わせて、東京にある親戚《しんせき》のもとへ泊まることになったが、そこへ金田一耕助や三津木俊助、それから御子柴進少年の三人が、あらためておとずれたのは翌日のこと。

珠子や、古宮氏も、ひと晩、休養をとったので、きのうから見ると、よほど血色がよくなっている。

「きのうは失礼いたしました。その後、気分はいかがですか」

「ありがとうございます。おかげで珠子もしっかりしてきました」

「それはけっこうでした。ところで、さっそくながら夜光怪人のことですがね。きのうもちょっとお耳に入れておきましたが、夜光怪人とは、実に黒木探偵そのひとだったのです。それでさっそく警視庁ともれんらくして、丸の内にある黒木探偵事務所をおそったのですが、相手もさるもの、はやくもそれと気づいたのか、風をくらって逃亡してしまいました。ところで、いつかあなたがお話しになったように、黒木探偵というのも、夜光怪人にとってはひとつの仮装にすぎないので、本名は大江蘭堂、この蘭堂というやつは変装の名人で、その他さまざまな名前のもとに、世間をあざむき住んでいる形跡があります。しかし、いまのところ、われわれは、黒木探偵以外、大江蘭堂の変装は、少しもわかっておりません。したがって、黒木探偵をのがしたいまとなっては、大江蘭堂の捜索《そうさく》に、非常に困難を感ずるしだいですが、そこでひとつ、ぜひともお嬢さんにご協力ねがいたいと思うのですが……」

「はあ、わたしもできることならば、どんなことでもいたしますが、わたしも大江蘭堂の変装については、少しも知りませんので……」

珠子は心ぼそそうに答えた。

「いや、蘭堂の変装はご存じなくてもけっこうです。わたしがおたずねしたいというのは、あなたがとらえられていた場所ですがね。あなたは蘭堂にゆうかいされ、五日あまり、どこかに押しこめられていたのですが、その場所について、なにか心あたりはありませんか？」

「わたしの押しこめられていた場所……？」

珠子は当時のことを思いだしたのか、思わずかすかに身ぶるいをすると、

「そうおっしゃっても、なにしろまっ暗な穴倉のようなところでしたから……なにも見えません。また、だれもひとの気配はございませんでしたから……」

「でも、五日も同じ場所に押しこめられていたとしたら、なにかひとつぐらい、変わった記憶がありはしなかったでしょうか。お嬢さん、ひとつ、あなたがゆうかいされたときから、記憶をたどって話してみてくれませんか」

「そうですね。それではお話しいたしますが、なにしろ気もそぞろでしたので記憶もきれぎれで、たいへんとりとめのないことですけれど……」

当時の恐ろしい思い出に、珠子はいまさらのように身ぶるいしながら、それでも思いだすままに、ボツボツと語りだしたのは、つぎのような話だった。

古宮荘の父の居間で、夜光怪人に麻酔薬をかがされた珠子は、それきりあとのことはおぼえていないが、やがて麻酔からさめたときには、うす暗い電燈のついた、穴倉のようなへやのなかの、かたいベッドの上に寝かされていた。

「それはドアがひとつあるきりで、窓もなにもない、ジメジメとしたへやですが、いまから思うとそのへやは、地上にあるのではなく、どこか地の底に掘った、ほら穴のようなもののなかにあるのではないかと思います」

金田一耕助は目を光らせて、

「どうして、そんなふうに思えるのですか」

「それは感じなのです。ヒヤリとした冷たい空気、ジメジメといつも湿気をふくんだ壁や床、それに物音です。地上にある建物なら、いつか、どこかから、物音がきこえてくるものです。都会ならば電車のひびきだとか、サイレンの音とか、またいなかならば風の音、鳥の声……ところが、そのへやときたら絶対に物音がないのです。いつも墓場のようにシーンとしずまりかえっているのです。それはもう、気が狂いそうなほどしずかなのです」

「フーム、それではあなたは、そこにいるあいだじゅう、一度も外部の音をきかなかったのですか?」

「いえ、たった一度だけ……それも同時に、ふたつの物音をきいたのですが、それがまことに奇妙な音……声でして」

「奇妙な音……声というと……?」

「それが……」

と、珠子はたよりなげな微笑をうかべて、

「音のほうはたしかですけれど、声というのが、まことに妙なものでして……わたしのへやへは三度三度、変な老婆が食事を運んでくるのでしたが、あるとき、老婆があついドアをひらいたとたん、その音と声がとびこんできたのでした」

「で、その音と声というのは……?」

「音はつり鐘をつく音でした。ゴーン、ゴーン……と、それから声は……」

「声は……？」

「それが……わたしはたしかにライオンのほえる声だと思ったのですけれど、ライオンとはあまりとっぴで……」

金田一耕助と三津木俊助、それから古宮氏の三人は、思わず顔を見合わせたが、そのときだった。とつぜん、声をはりあげたのは進である。

「わかった、わかった！　それは上野です。鐘の音というのは、寛永寺《かんえいじ》の鐘の音です。そしてライオンの声とは、動物園のライオンです。そういえば、ぼくがはじめて、夜光怪人を見たのも上野でした。金田一先生、三津木さん、上野の山のどこかに、きっと、夜光怪人のかくれ家があるのですよ！」

地底の妖犬《ようけん》

上野の山はいま、シーンとふかい眠りにおちている。いましがたまで、浅草の空をそめていた、盛り場の灯もきえて、電車の走る音も、もうだいぶまえにやんでしまった。

こうして都会の騒音がとだえると、急に耳について来るのはフクロウのなき声。ホーホーとなきかわすフクロウの声が、夜のふかさ、さびしさを、いっそう色濃いものにしているのだ。

今夜は空に月もなく、きれぎれの雲のあいまに、ぼんやりとした星が二つ、三つ、四つ。……風がでたのか、五重の塔の軒にさがった風鈴が、急にカチカチと鳴りだす。

——と、このときだった。

五重の塔のうしろから、ふいにひとつの黒い影があらわれた。

黒い影はソワソワと、あたりの気配をうかがっていたが、やがて地面に耳をつけると、なにやらジッときいている。

どこかでまたフクロウの声——。

黒い影はやがて地面から起きあがると、ソワソワとあたりを見まわし、五重の塔の階段に、ソッと足をかけた。そして、ひといきに階段をかけのぼったかと思うと、アッというまもなく、吸いこまれるように、とびらのなかへ消えてしまったのだ。

あとはまた、墓場のようなしずけさ。フクロウの声ばかりがさびしい。と、——しばらくしてから、五重の塔の縁の下から、ヌーッと首をだした三つの影がある。

いうまでもなく、金田一耕助に三津木俊助、いちばん小さい影は御子柴進少年である。

三人はおどろいたように顔を見合わせていたが、やがて俊助が進をふりかえり、

「いまのはたしかに藤子だったね」

と、小さい声でささやいた。

「そうです、そうです。古宮さんの家から、すがたを消した藤子さんです」

「藤子というのはこのあいだ、防犯展覧会のなかで殺された、一柳博士の令嬢だね」

「そうです。そうです。そして、大江蘭堂にゆうかいされた、弟の龍夫くんのゆくえを、

ひとりで捜しているけなげなお嬢さんです」

「しかし、三津木さん、藤子さんはなんだって、地面に耳などつけていたのでしょう」

「よし、われわれもまねをして、ひとつ地底の物音をきいてみよう」

金田一探偵のことばに、三人はいちように地面に身をふせ、じっと息をころした。と、その耳にきこえてきたのは、たしかにイヌのほえる声である。どこか遠い地の底で、けたたましくイヌがほえているのだ。進は、ハッといつか見た夜光のイヌを思いだした。

「先生、先生、たしかにこの地の底のどこかに、夜光怪人のかくれ家があるんですよ。そして、夜光怪人の飼っている、夜光のイヌがほえているんです。ひょっとすると、藤子さんが見つかったのではないでしょうか」

「よし、五重の塔へはいってみよう」

五重の塔のなかはまっ暗だったが、懐中電燈で照らしてみると、藤子のすがたはどこにも見えない。

「どこかに抜け穴があるんだね」

「きっとそうです。捜してみましょう」

抜け穴のありかはあんがいはやくわかった。それというのがほこりだらけの床の上に、藤子のくつ跡がくっきりついているのだが、そのくつ跡が、正面の壇のところで消えているからなのだ。壇の上には大きな木彫りの仏像が安置してある。

「この壇になにか仕掛けがあるらしい。三津木くん、調べてみたまえ」

三人は手わけして、壇のまわりを捜していたが、そのうちに、急にギリギリと奇妙な音をたてて、壇が後退しはじめたが、途中でピッタリ止まってしまった。

「あ、ど、どうしたんだ！」

「先生、わかりました。なにげなくぼくがこの仏像の手にさわったら、急に壇が動きだしたのです。もう一度さわってみましょう」

その仏像は両手を上にさしあげているのだが、その右手を押さえると、腕がさがるにしたがって、壇も後退するのだ。やがて腕がさがってしまうと、壇はピタリと止まって、いままで壇のあった床に、長方形の穴があいた。のぞいてみると、穴のなかに、くさりかけた木製の階段があるのだが、その奥は、うるしのような闇《やみ》なのである。

三人は思わず顔を見合わせたが、やがて金田一耕助が決心して、

「よし、かまわんからはいってみよう」

と、進んで階段へ足をかけ、穴のなかへもぐりこんだ。俊助と進が、そのあとへつづいたことはいうまでもない。

穴へもぐりこんで上をみると、床からテコのようなものがたれている。それを押すとギリギリと壇がしまって、穴がふさがってしまった。

「なるほど、うまい仕掛けだ。ところで、三津木くん、進くん」

「はい」

「これから、いよいよ、夜光怪人のアジトをつくのだが、きみたち、かくごはいいだろ

うね」

「だいじょうぶです、金田一さん」

「ぼくだって、ちっともこわくはありませんよ」

「うん、いい度胸だ。それじゃわたしについてきたまえ」

金田一探偵は懐中電燈で足もとを照らしながら、一歩一歩、注意ぶかく、階段をおりていく。三津木俊助と進も、手に汗をにぎってあとからつづいた。

階段は二十段ほどでおわった。そしてそこからは横穴になっていて、長いトンネルがついている。

と、このときだった。とつぜん、遠くのほうから女の悲鳴がきこえてきたかと思うと、けたたましいイヌの遠ぼえがつづいた。しかも、その声はしだいにこっちへ近づいてくる。

金田一探偵はすばやく懐中電燈を消したが、ふと、見ると、はるかかなたの暗闇《くらやみ》から、夜光のイヌが波のようにおどりながら走ってくるのだ。そして、そのイヌに追いかけられて、ころげるように逃げてくるのは、たしかに藤子にちがいない。

三人はハッとして、トンネルの壁に吸いついた。

疑問の藤子

金田一耕助は、ポケットからとりだしたピストルを、汗のでるほどににぎりしめている。夜光のイヌが近づいてきたら、たったひと撃ちという身がまえだ。三津木俊助と御子柴進少年も、息をのんで、なりゆきいかにと見守っている。

藤子は息もたえだえだった。つまずきころげながら逃げまどう藤子の胸は、恐怖のためにふさがって、ともすれば、全身から力がぬけていきそうである。

うしろからは、あの恐ろしい夜光のイヌが、全身から青白いほのおをはきながら、風のようにとんでくるのだ。

とうとう、藤子のからだから、最後の力がぬけてしまった。足がもつれて、ひざがガクガクふるえたかと思うと、藤子は力をうしなって、バッタリ土の上にたおれた。その上から、ガーッとおどりかかった夜光のイヌ……ああ、そのあらあらしい息を、首すじのあたりに感じたとたん、はりつめた藤子の気持ちも、とうとうくじけてしまった。藤子はフーッと気をうしなってしまったのだ。

すわとばかりに金田一耕助は、ピストルを手にとりなおしたが、うっかり撃つことはできない。向こうとこちらとの距離は百メートルあまり、あやまって、藤子を撃ってはならないからだ。

三津木俊助と御子柴進少年も、思わず手に汗をにぎった。

と、このときである。どこからかきこえてきたのは口笛の音。

ルルルルル、ルルルルル……。

どうやらイヌを呼んでいるらしい。それから、

「ロロ――ロロ――」

と、呼ぶ声とともに、向こうのほうから、夜光怪人のすがたが近づいてきた。例によって、全身から、ボーッとほのおのもえ立つ衣装、そしてまた、お能の面のように無表情なおもて。

夜光怪人は藤子のそばでひざまずくと、

「おお、かわいそうに、気をうしなっている！」

と、低い声でつぶやいたが、その声をきいたとたん、三津木俊助と進のふたりは思わずアッと暗闇のなかで緊張した。ああ、その声、――それはまぎれもなく、黒木探偵の声ではないか。それではやっぱり、金田一耕助の推理のとおり、夜光怪人とは、黒木探偵であったのか。

それはさておき、夜光怪人は妖犬ロロの首輪にクサリをつなぎながら、

「ロロ、おまえは忠実なイヌだ。いつもよく見張りをしてくれる。しかし、今夜のこの娘は、けっしてあやしい者ではないのだ。おれがわざわざ、抜け穴の入り口を手紙で知らせて、今夜ここまで呼びよせたのだ」

人間にしゃべるような、夜光怪人のことばをきいて金田一耕助たちは、思わず暗闇のなかで顔を見合わせた。

ああ、夜光怪人はなんのために、藤子をここまで呼びよせたのか。また、藤子は怪人からの手紙を受けとりながら、ひとにも知らさず、どうしてひとりで乗りこんできたのであろうか。

あくまでも奇怪なのは、少女藤子のふるまいである。

彼女は夜光怪人の敵か味方か。

それはさておき、夜光怪人はイヌの首にクサリをつけると、気をうしなっている藤子のからだを、かるがると抱きあげた。そして、片手にロロのクサリをにぎったまま、向こうのほうへゆきかけたが、どういうわけかロロは動こうとはしない。

こちらへむかって、けたたましくほえだした。ああ、ロロはイヌだけが身につけている鋭い嗅覚《きゅうかく》から、地下道のなかに、見知らぬひとのひそんでいることに気がついたのだ。

こちらの三人は、思わず手に汗をにぎった。夜光怪人もそれに気がつくだろうか……。

だが、幸い夜光怪人は気がつかなかった。

「ロロ、もういいんだよ。どうしたんだ。なにをそうほえたてるのだ。このひとはおれのお客さんだからかまわないんだ。さあ、はやくおいで」

妖犬ロロは、しかし、それでもまだ四つ足をふんばったまま、こちらへ向かってほえたてる。夜光怪人もふと気がついたように、不安そうに、闇をすかしてこちらのほうを

眺《なが》めながら、

「はてな、それじゃ、ひょっとすると、藤子のほかに、だれかこの地下道へしのびこんだかな？」

と、つぶやく声に、こちらの三人は、思わず胸をドキリとさせたが、しかし、夜光怪人はすぐに思いなおしたように、

「なあに、そんなことはあるまい。藤子がひとに知らせるはずもなし、また、あの入り口に気がつくやつがあるはずもない」

と、じぶんでじぶんにいいきかせると、藤子を抱き、妖犬ロロをひっぱって、向こうのほうへいってしまった。

そのあとを見送って、暗闇のなかで三人は、ホッとして顔を見合わせた。

「先生、いまの夜光怪人のことばによると、藤子は夜光怪人の手紙によって、ここまでやってきたらしいのですが、いったい、なんの用事があるのでしょう？」

「フム、とにかく、藤子というのは妙な少女だね。あまり勝気すぎて、なにもかもじぶんひとりで片づけようと思うから、だんだん、深みへはまっていくのだ。とにかく、いってみよう。しかし、三津木くん、進くん」

「はい」

「気をつけたまえよ。相手もさるものだ。どこにどのような、わながこしらえてあるかもしれんぞ」

「いうまでもありません。進くん、きみも気をつけたまえよ」

三人は用心ぶかく、足音に気をつけながら、しだいにトンネルの奥へ進んでゆく。

ああ、それにしても、藤子はなんのために、夜光怪人に会いにきたのだろうか。

夜光怪人の実験

それにしても上野の地下に、どうしてこのような大仕掛けな地下道があるのだろうか。

それについて、のちに学者が調査、発表したところによると、だいたい、つぎのようなことがわかった。

本郷から小石川の白山あたりへかけては、先住民族の遺跡がかずかず発見されている。先住民族というのは、やまと民族がわたってくるまえに住んでいた民族で、かれらは穴を掘って住居《すまい》とし、貝をとって食べていたのだ。だからそういう先住民族の穴居《けっきょ》のあとには、いまでも、たくさんの貝殻《かいがら》が発見されている。これを学者は貝塚といい、考古学上の貴重な資料となっていることは、諸君もたぶんご存じだろう。

夜光怪人がアジトとしているこの横穴も、たぶん、そういう先住民族の、穴居のあとの大仕掛けなもので、それを夜光怪人が、いくらか手を入れ、じぶんのかくれ家として使っていたらしいのである。

それはさておき、金田一耕助と三津木俊助、それに御子柴進少年の三人が、暗闇のトンネルを、はうように進んでいくと、やがて向こうに、かすかな光がもれているのが見えた。どうやらドアのすきまから、もれてくる明かりの色らしい。

三人はたがいにうなずきあいながら、明かりのもれているへやの前までくると、ソッとドアのすきまから、へやのなかをのぞいてみた。そこは道具も敷物もない、ガランとした一室で、ただ、電燈がほの暗くついているだけである。耳をすましてあたりの気配をうかがったが、なんの物音もきこえない。

金田一探偵は用心ぶかく、片手にピストルをにぎりながら、ソッとドアを押したが、幸い、なんなくひらいた。

三人はすばやくへやを見まわしたが、別にわならしいものは見あたらない。そこで用心ぶかく、へやのなかへはいっていくと、うしろのドアをしめたが、と、そのときだった。どこかでかすかなうめき声、それにつづいて、

「これ、藤子さん、しっかりしなさい。もうイヌはいないから安心しなさい」

と、低い声がきこえてきた。

と、見ればへやのいっぽうに、隣室へ通ずるドアが見えたが、どうやらその声は、ドアの向こうがわからきこえてくるらしいのである。

三人はまた、ソッとうなずきあった。それから、ドアのそばへはいよると、すきまに目をあて、ソッと向こうのへやをのぞいたが、そのとたん、思わずアッと息をのんだのだ。

こちらのへやとちがって、向こうのへやにはバカに明るい灯がついているが、その灯の下に一台のベッドが置いてある。

そしてそのベッドの上にだれか寝ているようすだが、からだの大きさから見ると、どうしてもおとなとは見えない。たしかに子どもである。少年なのだ。ああ、ひょっとするとこの少年こそ、藤子のたずねる、弟の龍夫少年ではないだろうか。

それにしても、ああ、なんという残酷《ざんこく》なことだろう。その少年はパンツひとつのまっぱだかのまま、ベッドの上にうつぶせにしばりつけられているのだ。しなやかな背中の肉に、ふといロープがくい入るばかり、見るさえいたいたしいすがただった。

さて、そのベッドのそばのアームチェアーに、藤子がぐったり気をうしなったままたおれている。そして、その藤子の上にのしかかるようにして、しきりにゆり起こしているのは、いうまでもなく夜光怪人だ。

夜光怪人はいくら呼び起こしても、藤子の意識がもどらないのをみると、かたわらの戸棚《とだな》のなかからなにやら小さなびんをとってきた。そしてそのびんのセンをとって、それを藤子の鼻にあてがったが、とたんに、藤子のからだがビクリとふるえたかと思うと、パッチリと目をひらいたのだ。

夜光怪人のかがせた薬は、きっと気つけ薬のアンモニアだったのだろう。

藤子はやっと気がつくと、キョロキョロあたりを見まわしていたが、その目がふっと、ベッドの上の少年にとまると、はじかれたように立ちあがった。

「ああ、龍夫さん、龍夫さん、あなたはやっぱりここにいたのですね。ねえさんですよ、ねえさんの藤子ですよ。龍夫さん、しっかりしてください」

ああ、ベッドの少年はやっぱり龍夫少年だった。しかし、龍夫少年は、いったいどうしたのだろうか。藤子がむちゅうですがりつき、いくら呼んでも叫んでも、返事はおろか身動きさえもしないのである。

藤子はハッと夜光怪人のほうをふりかえると、怒りに声をふるわしながら、

「いったい、これはどうしたというのです。あなたは龍夫をどうしたのです！」

「なあに、龍夫はちょっと眠っているだけですよ。例の実験をするためには、目がさめていてはぐあいが悪いですからね。それよりも藤子さん、あなたはあの薬を持ってきましたか！」

そうきかれると藤子はハッと、右のポケットを押さえながら、

「ええ、しかし、これはやすやすとあなたには渡せません。はっきりとした約束をきくまでは、これはあなたに渡せません」

「約束……？　約束ってなんの約束です」

「実験がすんで、あなたの満足のゆくような結果がえられたら、無事に龍夫を、わたしにかえしてくださるということを……」

夜光怪人はせせら笑って、

「むろん、それはかえしますよ。実験の結果、私の満足のゆくような結果がえられたら、

なにを好んで龍夫くんを、とりこになどしておきましょう。きっとあなたにかえしますよ」

「ほんとうですか」

「ほんとうですとも。だから、さあ安心してその薬をわたしなさい」

藤子はしばらくためらっていたが、夜光怪人につめよられると、あきらめたように、ポケットから小さいケースをとりだした。

ああ、藤子の持ってきた薬とはなんだろう。

そしてまた、夜光怪人の実験とは、いったい、どんなことなのだろうか。

かくし彫り

夜光怪人は藤子の手からケースを受けとると、ふたをひらいて、なかからふたつの注射液と、一本の注射器をとりだした。

「おい、藤子」

望みの薬を手に入れると、夜光怪人のことばの調子が、急にガラリと変わった。

「この注射液は、どちらを先に注射するのだ？」

「青い色のついたほうを先にするのです。そして、五分たってから、無色のほうを注射するのです」

「よし」

夜光怪人は注射器を消毒すると、まず、青色の注射液をそれにみたし、眠っている龍夫の右腕に注射した。

「それから五分待つんだな」

「はい、五分待つのです」

夜光怪人はポケットから時計をとりだすと、それをかたわらのテーブルの上に置き、

「それじゃ、五分のひまがある、藤子、そのあいだ、何か話でもしようじゃないか」

「いいえ、あたしには何も話すことはありません。注射がすんで、あなたの望むような結果がえられたら、すぐに龍夫をかえしてもらえばよいのです」

藤子の声には、つもりつもった恨みと憎しみがこもっている。夜光怪人は鼻のさきでせせら笑って、

「心配するな。龍夫はかえしてやる。いつまでも、こんなガキを連れているのは、こっちにしてもめいわくなのだ。それにしても、おまえもおやじによく似ているな。こんなことなら、この薬を、もっとはやく持ってくればよかったのだ。そうすれば、とっくのむかしに龍夫をかえしてやったのだ」

「でも、……でも、……この薬がこんなことにきくとは知らなかったんですもの。おとうさんはただ、これをだいじに持っておいでと、あたしにくださったんですもの」

「ハハハハハ、おまえのおやじも用心ぶかいやつだったよ。息子の膚にかくし彫りして

おいて、そのいれずみのあらわれる薬のほうは、娘のおまえにあずけておいたのだ。つまり息子と娘のふたりがそろわぬうちは、大宝庫のありかがわからぬという仕掛けだ。アッハッハ、よく考えたものだよ。このあいだ、おれは龍夫を責めて、はじめて、そのことを白状させた――さあ、そこまでわかると、一柳博士はもう用なしだ。そこでおれはひと思いに殺してしまったのだ」

「まあ、あなたはなんという悪人でしょう。鬼です、悪魔です。いいえ鬼でも悪魔でも、もっと情けを知っているでしょう。父は龍夫をかえしてもらいたいばっかりに、あなたの命令ならば、どんなことでもしました。『人魚の涙』も盗みにいったのです。それだの父にそんなまねをさせたくなかったので、じぶんで先に盗みにいったのです。あたしはに……それだのに、あなたは『人魚の涙』を手に入れると、むざんにも父を殺してしまって……」

「アッハッハ！　それもこれも大宝庫のさせるわざさ。まあ、きけ。一柳博士はおれのリンチのおかげで頭が狂い、大宝庫のありかをすっかり忘れてしまやアがった。そのありかを息子の膚にかくし彫りにしたことも、また、そのかくし彫りがあらわれる薬を発明して、娘のおまえにあずけたことも、すっかり忘れてしまったのだ。ところが、おれはそのことを、龍夫の口からきいて知った。さいわい龍夫はおれのところに監禁してある。あとは、おまえの持っている薬を手に入れ、その使用法をきくだけのことだ。それさえうまくいけば、大宝庫はおれのものだ。だが、ここでおれは考えた。一柳博士はいつまで気が狂っているだろうか。ひょっとすると、なにかのはずみで正気にもどり、大宝庫のありかを思いだすようなことはあるまいか。もし、そうなったら、おれにとっちゃかえってじゃまだ。そこでおれはひとおもいにあのじいさんを殺したのだ」

ああ、なんという悪人、なんという恐ろしい人間だろうか。この夜光怪人という男は、ひとのいのちを虫ケラどうようにしか考えていないのである。

だが、それにしてもいまの話によって、はじめてすべてが明らかになった。大宝庫のありかを知ったただひとりのひと、一柳博士をどうして夜光怪人が、殺してしまったのか、その謎が、いまはじめて解けたのである。金田一耕助をはじめとして三津木俊助と進の三人も、いまさらのように、夜光怪人の悪党ぶりに、舌をまいておどろいた。

やがて夜光怪人は、第二の注射液を注射器にみたすと、

「さあ、五分たった。それじゃ、いよいよ最後のしあげにかかろうか」

第二の注射液が龍夫少年の筋肉に注射された。夜光怪人は注射器をすてると、結果はいかにと、龍夫少年の背中を見守っていたが、ふと気がついたように、

「いかん、いかん、きさま、見ちゃいかん」

と、藤子のからだにおどりかかると、すばやくいすにしばりつけ、ごていねいに目かくしまでしてしまった。

「ハッハッハ！　こうしておけばだいじょうぶだ。龍夫の話によるとな、第二の注射をすると、三分にしていれずみがあらわれる。しかし、そのいれずみは五分もたたぬまに

消えてしまうから、よほど手ばやくやらねばならんということだ。アッ、あらわれたぞ！」

夜光怪人の叫び声に、こちらの三人がドアのすきまからのぞいてみると、なるほど、龍夫のしなやかな背中に、ありありとうかんできたのは地図のようなもの。そしてそのそばに、なにやら文字が書いてある。

夜光怪人はそれをみると、すばやく一枚、写真をとった。それからさらに念のために、二枚、三枚とうつしたが、さて、写真をとりおわると、なにを思ったのか、藤子の持ってきたケースを、床の上にたたきつけ、足でこなごなにふみにじってしまった。

ああ、わかった、わかった。夜光怪人は大宝庫の秘密をひとりじめにするために、龍夫の膚のいれずみが、二度とあらわれないように、注射液をすっかりたたきこわしたのである。しかも、おお、龍夫の膚のいれずみは、はやくもうすれかかっているではないか。

のぞく片腕

これをみると金田一耕助は、もうたまらなくなった。

ドアのとってに手をかけると、サッとそれを押したが、意外にも、ドアはなんなく向こうへひらいて、金田一探偵と三津木俊助は、よろけるように、へやのなかへとびこんだ。それにつづいて御子柴進少年も、へやのなかへはいろうとしたとたん、バネのようにドアがはねかえって、進の鼻先で、バターンとしまってしまった。

「アッ！」

進もおどろいたが、それよりももっとおどろいたのは金田一探偵と三津木俊助だ。とびこんだへやのなかには、ベッドもなければ、夜光怪人のすがたも見えない。まるで空き家のようにガランとしたへやである。ふたりはまるでキツネにつままれたように、キョロキョロあたりを見まわしていたが、そのときうしろで、あざけるような高笑い。

金田一耕助と三津木俊助は、ギョッとしてそのほうへふりかえったが、おおなんと、見ればへやのはるかかなたに夜光怪人が立っているではないか。しかも、そのそばにはベッドもあり、藤子も目かくしをされたまま、いすにしばりつけられているのだ。

金田一耕助と三津木俊助は、またしてもキツネにつままれたような顔つきで、キョロキョロあたりを見まわしたが、やっとそのとき奇怪な謎が解けた。

いまふたりがとびこんできた、ドアのちょうど正面に、大きな鏡が、はすかいに立ててある。金田一探偵や俊助が、さっきから見ていた光景は、ぜんぶ、その鏡にうつった影で、ほんとうのできごとは、へやのずうっと向こうのほうでおこなわれていたのである。

それに気がつくと金田一探偵と三津木俊助、

「おのれ！」

と、ばかりにピストルをとりなおし、そのほうへ突進していったが、そのときだった。夜光怪人がベッドの端のボタンを押すと、ガラガラガラ！と、ものすごい音がしてなにやら天じょうから落ちてきたかと思うと、アッというまもない。ふたりはオリのなかに、とじこめられてしまったのである。

そうなのだ。天じょうから落ちてきたのは、底のない鉄のオリだった。それがまるで、袋のようにスッポリとふたりの周囲をつつんでしまった。

「アッ！」

さすがの金田一耕助も、ぼうぜんとして立ちすくんだ。三津木俊助もギョッと息をのんだが、ドアの外からこのようすをすき見していて、おどろいたのは進である。

進もあとからとびこもうとしていたのを、これでハッと思いとどまった。そして、じっとなかのようすをうかがっている。

「アッハッハッ！」

毒々しい声をあげてあざわらったのは夜光怪人。

「やい、金田一耕助、三津木俊助、そのざまはなんだ。いかに歯ぎしりをしたところで、かごの鳥に何ができる。おまえたちがこの地下道へ、しのびこんだのを知らぬおれだと思っていたのか。おれは、さっきからちゃんと気がついていたのだ。ロロのようすから、藤子のほかに、だれかしのびこんだやつがあることを、ちゃんと知っていたのだ。だから、こうしてわなをもうけて、おまえたちのとびこんでくるのを、いまかいまかと待っていたのだ。アッハッハ、どうだ、おれの手なみがわかったかい。やい、このボンクラのでくの坊探偵め」

ああ、なんとののしられてもしかたがない。こうもやすやすふたりまで、敵の術中におちいったのだから、かえすことばもない。ただ、ふたりがたのみとするのは、ドアの外にしめだされた進である。幸い、夜光怪人は、進のことには気がついていないらしいので、これだけがふたりにとってたのみの綱なのだ。

「やい、くやしいか、くやしければなんとでもいってみろ、おまえたちを殺すのはやさしいが、むやみには殺したくないから、きょうはこのまま見のがしておく」

夜光怪人はそういいながら、龍夫の背中に目をそそいでいたが、やがて手をうっておどりあがると、

「ああ、消えた、消えた。いれずみはもう消えてしまったぞ。おまけにこのいれずみをあらわす薬はおれがこうしてたたきこわしたから、もう二度とあらわれることはないのだ。すべての秘密はこのカメラだ。このカメラだけがにぎっているのだ。大宝庫の秘密は、おれがひとり占めにしてしまったのだ。やい、金田一、三津木俊助、こうなったら龍夫もいらん。藤子もおまえらにかえしてやる。どうでもおまえたちの好きなようにするがいい」

秘密をうつしとったカメラを持って、夜光怪人はジリジリと向こうのドアへいく。金田一耕助はオリのなかから腕をのばしてピストルをさしむけたが、なにしろ相手は藤子

のからだをタテにしているので、うっかり発砲することはできない。

夜光怪人はとうとう、ドアのそばまでいった。そして、そこでオリにむかって、ペコリとおじぎをすると、さっさとドアの外へとびだしたが、そのときだった。

「ワッ！」

という悲鳴がドアの外からきこえてきたかと思うと、いままでていった夜光怪人が、ヨロヨロとへやのなかへよろけこんできたではないか。

よろめくひょうしに仮面が落ちて、その下からあらわれたのは、たしかに黒木探偵の顔。——しかし、おお、その顔のなんというすさまじさであっただろうか。

黒木探偵の夜光怪人は、苦しみに顔をひきつらせ、大きく目を見張っていたが、やがて骨をぬかれたように、床の上にたおれると、しばらくヒクヒク全身をふるわせたのち、やがて、ピクリとも動かなくなった。

「アッ！」

金田一探偵と三津木俊助は、思わず息をのみこんだが、それも無理はない。夜光怪人の背中には、グサリと短刀が突きささっているのだ。

しかも、おお、そのときドアのむこうから、ヌーッとのぞいた一本の手が、夜光怪人の落としたカメラをひろいあげると、そのまままた、ドアの向こうへ消えていったではないか。それからまもなくのことだった。遠くのほうでズドンという音、それにつづいてイヌの鳴き声がひと声高く、トンネルのなかにひびいたが、それも消えると、あとは墓場のようなしずけさ。

変装の名人

ああ、目のまえで殺された黒木探偵。——金田一耕助と三津木俊助は、オリの鉄格子につかまったまま、ぼうぜんとして立ちすくんでいる。

ああ、こんなことが信じられるだろうか。金田一耕助も三津木俊助も、黒木探偵こそ、夜光怪人であると信じて疑わなかったのだ。その夜光怪人が、このようにあっけなく殺されるということが、はたして信じられるだろうか。

いやいや、これにはなにか大きなまちがいがあるにちがいない。夜光怪人とは黒木探偵ではなく、もっとほかの人物ではあるまいか。すなわち黒木探偵は、ほんものの夜光怪人にあやつられ、単に、夜光怪人らしくふるまっていたにすぎないのではないだろうか。だが、もしそうだとすれば、ほんものの夜光怪人とは何者か。そしてそいつはどこにいるのか。

ああ、そいつこそはよほど恐ろしい人物にちがいない。じぶんは少しも表面にでず、さんざん黒木探偵をあやつったのち、目的を達したと思うと、虫ケラをひねりつぶすように、黒木探偵を刺し殺し、だいじなカメラをうばい去ったのだ。ああ、なんという恐ろしいやつだ。なんという冷血無残な人物だろう。さすがの金田一耕助や三津木俊助も、あまりの恐ろしさにゾッと身ぶるいがでるのだった。

さて、こちらは御子柴進少年である。うっかりドアの外へしめだされたおかげで、オリづめの難をまぬがれた進は、カギ穴から鏡にうつるいちぶしじゅうをながめていたが、やがて何者とも知れぬあやしい手がカメラをうばって消えてしまうと、ソッとドアを細目にひらいた。その気配にハッとわれにかえったのは金田一探偵と三津木俊助。

「ああ、進くん、よいところへきてくれた。はやくこのオリをひらいてくれ！」

いわれるまでもない。進はベッドのそばへ走りよると、さっきのドアの外から見ておいた仕掛けらしいものを捜したが、それはすぐに見つかった。ベッドの端についた小さなボタン、どうやらそれが仕掛けらしいのだ。進がこころみにそのボタンを押すと、はたしてオリはスルスルと、もとの天じょうへあがっていった。

金田一耕助と三津木俊助は、まるでカゴからはなれた小鳥のように、オリから外へとびだすと、急いで黒木探偵を抱き起こしたが、いまとなっては後の祭りである。黒木探偵は血にそまって、すでに息は絶えていた。

金田一耕助は悲痛な顔をして、三津木俊助と進をふりかえると、

「三津木くん、進くん、わたしはたいへんなまちがいをやったらしい。この男を夜光怪人と信じきっていたために、この男の背後にある人物にまで目がとどかなかったのだ。この男は夜光怪人じゃなかったのだ。この男の背後には、もっともっと恐ろしい人物がひそんでいて、そいつがこの男をあやつっていたのだ」

「金田一さん、しかし、それはだれでしょう。いったいどういう人物でしょう？」

「それはわたしにもわからない」

金田一耕助は力なくつぶやいたが、すぐ気をとりなおして、かたわらにしばられている藤子のナワを解き、目かくしをはずすと、

「藤子さん、あなたは一柳博士のお嬢さんですね」

藤子はあたりを見まわして、俊助や進のすがたをみると、ハッと腰をうかせた。金田一探偵はやさしく肩に手をかけると、

「いいえ、逃げなくてもいいのですよ。あなたの秘密は、さっき残らずききましたよ。おとうさんや弟さんのために、あなたがなめてこられた苦労のかずかずは、十分お察しいたします。しかし、あなたはもっとはやく、警察なり、わたしたちなりにうちあけてくだされればよかったのです。そうすれば、事件はもっとかんたんに、かたづいていたかも知れないのに」

「申しわけございません」

さすが勝ち気な藤子も、重なる苦労に気がくじけたのだろうか。両手でひしと顔をおおうと、さめざめと泣きだした。

「いや、過ぎ去ったことはもうしかたがありません。それよりも藤子さん、よく見てください。あなたはこの男を知っていますか？」

金田一耕助に指さされて、藤子ははじめて黒木探偵の死体に目をとめると、アッとば

かりに顔色を変えたが、やがて恐ろしそうに肩をすぼめて、

「黒木探偵……ですわね」

と、ふるえ声でつぶやいた。

「ええ、そう、黒木探偵です。しかしあなたはこの男を、黒木探偵としていがいに、どこかで見たことはありませんか。よく見てください。この男は変装しているのかも知れない。ひふをそめるとか、入《い》れ歯をするとか……」

藤子はおそるおそる黒木探偵の顔をのぞきこんでいたが、やがて首を左右にふると、

「いいえ、黒木探偵としていがいに、一度もこのひとに会ったことはありません。それにこのひと変装しているとも思えませんわ」

「しかし、藤子さん、思いだしてください。あなたはきっと、おとうさんをあざむいて、龍夫くんをうばいとった、大江蘭堂という人物に、会ったことがあるでしょう」

大江蘭堂ときくと、藤子はサッと恐怖のいろをうかべながら、

「ええ……でも、それが……」

「よく見てください。この男が大江蘭堂ではありませんか」

藤子はびっくりしたように、黒木探偵の顔へもう一度、注意ぶかい視線をむけたが、すぐキッパリと首を左右にふって、

「いいえ、ちがいます。これは大江蘭堂ではありません。なるほど大江蘭堂は、変装の名人とかきいておりますが、あの男はでっぷりとふとっています。とてもこんなに、ッ

ルのように、やせ細れるわけがありません」

ああ、藤子のひとことこそ、金田一耕助のあやまりを、決定的にしたもどうようだった。

黒木探偵は大江蘭堂ではなかったのだ。

では、大江蘭堂はいまどこにいるのだろう……。

吉祥天女《きっしょうてんにょ》の像

こうして、すべてはひっくりかえってしまった。

龍夫はみごとに藤子の手にもどり、藤子はこんご何もかも打ちあけて、金田一耕助たちに協力することをちかったが、しかし、それはおそすぎたのである。

龍夫の膚にえがかれた、かくし彫りを再現する薬は、黒木探偵によってぜんぶ粉砕されてしまった。龍夫の膚にいれずみがあらわれることは、もう二度とないだろう。と、すれば――一柳博士の発見した、海賊、龍神長太夫の宝のありかを捜すただひとつの手がかりは、あのカメラのなかにおさめられたフィルムあるのみなのだ。しかも、そのフィルムは正体不明の怪物の手ににぎられている……。

「いいえ、あたし海賊の宝なんかほしくありません。こうして龍夫がぶじに帰ってきたのですから、これだけで満足です」

藤子はけなげにこういい切ったが、しかし藤子があきらめたからといって、それですむべきものではない。金田一耕助や三津木俊助には、あの憎むべき夜光怪人を、どうしても捕らえなければならぬ義務があるのだ。

それにしても、ほんものの夜光怪人というやつは、どこまで恐ろしい怪物だろうか。その後、金田一耕助や三津木俊助が、あの地下のほら穴をくまなく捜してみたところ、夜光塗料をぬった大きなイヌと、いやらしい老婆の死体が発見された。老婆というのはいうまでもなく、いつか古宮氏の令嬢、珠子がそこにとじこめられているあいだ、食事を運んできた人物だが、おそらく夜光怪人は、あとでじゃまになってはならぬと、なさけようしゃなく殺してしまったのだろう。

思っただけでも身の毛のよだつ話だが、これでいよいよ、夜光怪人をつきとめる糸口は、たたれてしまったわけだった。

こうしてさすがの金田一探偵も、なすすべもなく、むなしく数日を過ごしたが、するとある日、思いがけない人物が、かれの探偵事務所へたずねてきた。

その人物とは、なんと真珠王の小田切準造老人である。諸君もこのひとをおぼえているだろう。銀座デパートの貿易促進展覧会の会場から、夜光怪人によって盗み去られた、高価な真珠の首かざり、『人魚の涙』の持ち主がこのひとである。

ちょうどそのとき、三津木俊助や御子柴進少年も、この事務所へ来合わせていて、金田一探偵とこれからの方針を相談していたところだが、そこへ通された小田切老人の名刺を見ると、一同は思わずギョッと顔を見合わせた。

「金田一さん、こりゃひょっとすると、夜光怪人に関することかも知れませんぜ」

と、俊助が息をはずませると、

「そうです、そうです。きっとそうです。小田切さんといえば、いちばん最初に黒木探偵をやとったひとです。金田一さん、あのひとがどうして黒木探偵をやとうようになったのか、それをたずねてみましょう」

進も目をかがやかせている。

「フム、なにはともあれ、お目にかかって話をきこう。青木くん、お客さまをこちらへお通ししてくれたまえ」

金田一耕助が命じると、助手の青木は無言のままひきさがったが、やがて青木の案内でへやのなかへはいってきたのは、見おぼえのある小田切準造老人。きょうはなんとなく心配そうな面持ちである。それでも小田切老人は、三津木俊助の顔を見るとなつかしそうににっこり笑って、

「あ、三津木さんもここにおいででしたか。これはちょうど幸いでした。あなたが金田一先生ですか。わたしが小田切準造です」

「いや、ご高名はかねてから承《うけたまわ》っておりました。さあどうぞおかけください。そしてわたしにご用というのは……？」

「さあ、それです」

と、小田切老人は何かしら心配そうにオドオドして、

「実はね、例の夜光怪人ですがね、あいつがこのわたしをねらっているのじゃないかと思われるふしがあるのです」

「なに、夜光怪人が……？」

金田一耕助と三津木俊助は、思わずドキリとして目を見はった。進もじっと準造の面に目をそそいだ。準造老人はひたいの汗をぬぐいながら、

「そうです。そうです。いや、まだ、ハッキリとしたことはいえませんが、このごろ二、三日つづけて夜おそく、なにやらキラキラ光るものが家のまわりをうろついているのを見たのです。それで、ひょっとしたら夜光怪人が、なにかまた、わたしの持ち物をねらっているのではないかと、心配になってきたものですから……」

「あなたのお宅には、なにか夜光怪人にねらわれるようなものがありますか？」

「それはわかりません。しかし、あいつは宝石類に目がないということですから、また、真珠でもねらっているのではないでしょうか」

「なるほど」

「それで、きょうこうしてお願いにあがったのですが、わたしはいたって孤独な身のうえなのです。妻もなければ子どももない。広い屋敷にお手伝いとただふたりで住んでいたのですが、そのお手伝いも、ちかごろひまをとって出ていったのです。だから、いつどんなことが起こるかと思うと、心配でならないのです。それで、お願いというのは、

たとえどんな真夜中でも、わたしが電話をかけてきたら、かけつけてくださるというわけにはまいりませんか」

金田一耕助は三津木俊助と顔を見合わせていたが、やがてキッパリうなずくと、

「いや、よくわかりました。そのようなことの起こらないことを祈りますが、万一のことがあったら、えんりょなく電話をかけてください。すぐかけつけていきます。ときに、小田切さん、あなたにちょっとおたずねしたいことがあるんです。ほかでもありませんがね、あなたはどうして黒木探偵とお知り合いになったのですか?」

小田切老人はそれをきくと、急にサッと顔色をかえて、

「ああ、あの黒木……あいつは悪いやつでした。きけば夜光怪人の部下であったとやら……じつはあの男と知りあったのは、大江蘭堂という人物の紹介だったのです」

「えッ、大江蘭堂?」

「そうです、そうです。ところがこの大江蘭堂というのがまた悪いやつで、はじめはアメリカ帰りの大金持ちというふれこみでしたから、わたしもついうっかりだまされて、つきあっていたのですが、だいぶまえにたくさんの真珠を持ち逃げされてしまいましたよ。さあ、いまどこにいるか知りませんねえ。それでは金田一先生、さっきのことはくれぐれもよろしくたのみましたよ」

老人の常として、小田切老人もせっかちらしく、いうだけのことをいってしまうと腰をうかしたが、そのとき、ふと気がついたように、卓上にあったものに目をとめた。

それは高さ三十センチばかりの吉祥天女《きっしょうてんにょ》の像なのだが、これは実は金田一耕助のものでなく、一柳博士のかたみなのである。それを藤子、龍夫きょうだいを引きとるとき、いっしょにここへ持ってきて、藤子がお礼にこの事務所の卓上にかざったのだった。

小田切老人は目をかがやかせて、

「これは珍しいものがありますな。吉祥天女の像ですね」

「ご老人は骨董品《こっとうひん》がお好きですか？」

「いや、そういうわけではありませんが、むかしから吉祥天女を信仰しておりますんでね。金田一先生、こんなことを申しちゃ、はなはだ失礼ですが、いかがでしょう、ひとつこの像をわたしにおゆずりくださらんでしょうか」

あまりとっぴな申し出に、金田一耕助はあきれたように、小田切老人の顔を見守っていたが、やがてにっこり笑って、首を左右にふると、

「いや、それはひとからあずかっているものですから、おゆずりするわけにはまいりません。どうもはなはだお気のどくながら……」

金田一耕助がことわると、小田切老人はいかにも残念そうに、吉祥天女の像を手にとり、しげしげとながめていたが、やがてあいさつもそこそこに帰っていった。あとには金田一耕助と三津木俊助、それに御子柴進少年の三人が、あっけにとられたように顔を見合わせている。

それにしても小田切老人は、どうしてあんなにまで、吉祥天女をほしがったのだろう

か。

血ぞめの短刀

さて、その晩のことだった。

三津木俊助と進のふたりは、おそくなったので、金田一耕助のところに泊まることになったが、すると十二時過ぎになって、とつじょ金田一耕助の寝室にある、電話のベルがけたたましく鳴りだした。

金田一耕助はいつもベッドの枕《まくら》もとに、電話機を置いて寝るのだ。

金田一探偵は急いで受話器を取りあげたが、すると、きこえてきたのは小田切老人の声、しかもそれがとてもふるえてみだれているので、金田一探偵は、サッと緊張した。

「ああ、もしもし、小田切さんですか。こちら金田一です。どうかしたのですか。何か変わったことがありましたか」

「ああ、金田一先生ですか。たいへんです、たいへんなんです。夜光怪人が……夜光怪人が！」

「えっ？ 夜光怪人がどうかしましたか！」

「夜光怪人がいま窓からのぞいているのです。アッ、窓をやぶってはいってきました。アッ、助けてえ、人殺し……。金田一先生、ああ、金田一先生、夜光怪人が……夜光怪人が……！」

「もしもし、小田切さん、どうしたんです。夜光怪人がしのびこんだのですか？」

金田一耕助はびっくりして、電話の受話器にしがみついたが、そのときだった。

「ワッ！」

と、いう悲鳴が電話の向こうからきこえてきたかと思うと、やがてドスンと、なにかが床にたおれるような物音。金田一耕助は全身の血もこおる思いで、受話器もくだけよとばかりににぎりしめていたが、そのときだった。

電話の向こうから、不気味な笑い声が、クックックッときこえてきたが、それがしだいに高くなってきたかと思うと、やがて耳がガンガンするような大声で、

「やい、金田一、いまの悲鳴がきこえたかい、ありゃ小田切のおいぼれの、死にぎわの声だぞ。グサッとひと突き、おれがえぐってやったのさ。おれの名かい、おれの名は大江蘭堂」

そこまでいうと、相手は電話を切ったらしく、ガチャンという音が、いたいほど金田一耕助の耳にひびいた。

金田一探偵はまるで悪夢でも見ている思いで、ぼうぜんとそこにたちすくんでいたが、そのとき、ドンドン、ドアをたたく音。

いうまでもなく、三津木俊助と、御子柴進少年である。

「先生、先生、どうかしましたか。いまの電話はどちらからです！」

その声に、ハッとわれにかえった金田一耕助、

「ああ、三津木くんも進くんも、すぐに外出の用意をしたまえ。小田切老人の身になにかまちがいがあったらしい」

大急ぎで身支度をして、金田一耕助が寝室からとびだすと、助手の青木や藤子、龍夫のきょうだいも、気づかわしそうな顔をしてドアの前に立っていた。

「青木くん、いつものレンタカーの店をたたき起こして、自動車を一台連れてきてくれたまえ。藤子さんと龍夫くんは、青木といっしょにるす番をたのみます」

自動車はすぐにきた。

それにとび乗った金田一耕助と三津木俊助、それに進の三人が、やってきたのは、渋谷にある、小田切老人の邸宅である。

さすがに真珠王といわれるだけあって、小田切老人の邸宅は、かなり広いものだったが、こういう広い邸宅に、召使いもおかずに、年老いた老人がひとりで、住んでいたことからして、まちがいのもとと思われる。しかし、そんなことをいったところで、いまとなっては、もうあとの祭りかも知れないのだ。

小田切邸の正門は、この夜ふけにもかかわらず、鉄柵《てっさく》が少しばかりひらいていた。これがまず三人の心に不吉の思いを抱かせた。三人は急いで門のなかへとびこむと、玄関はピッタリしまってどの窓もまっ暗である。

「三津木くん、裏へまわってみよう」

小走りに裏のほうへまわっていくと、たったひとつだけ明かりのついたへやがある。そして、そのへやから、庭の芝生へおりるフランス窓が、ひとつだけ開けっぱなしになっていた。

「よし、ここからはいってみよう」

フランス窓からはいっていくと、そこは書斎になっているらしく、三方の壁にはギッシリと書物のつまった書棚《しょだな》があった。そして中央の大きなテーブルの上には電話機がひとつ。

「ああ、電話がある」

金田一耕助はつかつかと、そのテーブルへ歩みよったが、なにを思ったのか、とつぜんワッと叫んでとびのいた。

「金田一さん、ど、どうかしましたか?」

「三津木くん、あの床を見たまえ!」

金田一探偵に指さされて、三津木俊助と進のふたりはなにげなく、電話の置いてある、テーブルの前の床に目をやったが、ふたりとも、思わずギョッと息をのみこんだ。床の上にはどっぷりと血が、……そして、そのそばには、血にそまった短刀が不気味にころがっているのだった。

「電話をかけているところを、うしろからグサッとやられたのですね」

「フム、しかし、それにしても三津木くん、死体はいったいどこへいったのだろう?」

「アッ、先生、ここになにかを引きずったような跡がついてますよ」

そう叫んだのは進少年である。なるほど、見ると床の上になにか重いものでも引きずっていったような跡がついている。

「フーム、すると夜光怪人のやつ、死体をどこかへかくしたのかな」

金田一探偵と三津木俊助、御子柴進少年の三人はそこで家じゅう、残るくまなく調べてみたが、小田切準造老人の死体はついに、どこからも発見されなかった。ああ、小田切老人はいったいどうなったのだろうか。

それはさておき、金田一耕助の一行が、渋谷の小田切邸へ到着したころのことだった。

金田一耕助の探偵事務所で、助手の青木や、弟の龍夫とともにるす番をしていた藤子は、ふと、異様な物音を耳にして、ハッと胸をとどろかせた。その物音はたしかに応接間のほうからきこえてくるのだ。

ミシリ、ミシリ——だれもいないはずの応接間から、あたりをはばかるような低い足音。ゴトゴトとなにかをひっかきまわすような気配。——どろぼう——？　金田一耕助のるすちゅうに、どろぼうに見まわれたとあっては申しわけがない。

藤子はソッと廊下へでると、応接間のドアの前までやってきた。見るとドアが細目にひらいて、そのすきまから、チラチラ光がもれている。だれかが懐中電燈でへやのなかを調べているのだ。

やにわに藤子はドアをひらいて、へやへおどりこんだ。

「どろぼう……！」

と叫ぼうとしたが、そのとたん、藤子の舌が、上あごにくっついてしまった。

それもそのはず、そこにいるのは、ああ、まぎれもなく夜光怪人ではないか。夜光怪人は例によって、まっくらなへやのなかにほのかな光をまきちらしながら、物の怪《もののけ》のように立っている。藤子がとびこむと、ギョッとしたようにふりかえったが、ぶきみな仮面を、つめたく光らせながら、ひとを小馬鹿《こばか》にしたように、ペコリと頭をさげた。

それから、卓上にあった吉祥天女像をとりあげると、それを小わきにかかえこみ、ゆうゆうと窓から外へでていった。藤子はなぜか、まるで催眠術にでもかかったように、ぼうぜんとしてそれを見送るばかりだった。

ああ、それにしても、これは日ごろの藤子としては、似合わしからぬふるまいではあるまいか。日ごろの藤子ならば、かなわぬまでも、夜光怪人と戦ったはずである。それにもかかわらずその夜の藤子は、夜光怪人が吉祥天女像をぬすみ去るのを、指をくわえて見ていたのだ。なぜだろう。どうしてなのだろうか……。

孤島の海賊

夜光怪人におそわれた、小田切準造老人はその後どうなったのだろうか。さてはまた、夜光怪人にうばわれた、吉祥天女像には、いったいどのような秘密があるのだろうか。

――それらのことはしばらくおあずかりとしておいて。ここは岡山県の西南部、瀬戸内海に面したところに、笠岡《かさおか》という小さな町がある。

この笠岡は、花むしろの集散地として有名だが、もうひとつこの町が知られているのは、中部瀬戸内海の島々へかよう連絡船が、この町を起点としていることである。

この連絡船は白龍丸《はくりゅうまる》といって、三十五トンの小さな蒸気船。毎日定時に笠岡の船着き場を出帆して、海上にちらばっている島から島へと巡回するのだが、乗客といっては、たいていは島の住人ばかり。よその土地のひとの乗ることは、一年のうちかぞえるほどしかない。

ところが、東京で小田切邸の事件があってから三日めのこと。めずらしくもなじみのないよその土地の者が、ひとり、ふたり、三人、四人までもこの白龍丸に乗っていた。ひとりは和服を着た男、ひとりは三十五、六歳の青年、そしてあとのふたりは十六、七歳から十八、九歳の少年と少女である。

――と、ここまで書けばこの四人をどこのだれそれと説明するまでもあるまい。金田一耕助に三津木俊助、それに御子柴進少年と一柳藤子であることは、諸君もすぐに察しがついたことだろう。そうだ。そのとおりである。しかし、それにしてもこの四人が、どうしてこんなところへやってきたのだろうか。

夜光怪人の事件をほったらかしておいて、瀬戸内海へやって来るとは、あまりのんきすぎる話ではないか。

いやいや、金田一耕助のことだから、これにはきっとわけのあることにちがいない。しかし、そのわけというのはもう少しあとまでおあずかりとしておいて、ここでは白龍丸における四人のようすから、話をしていくことにしよう。

船内の漁師たちも、はじめのうちは見知らぬ客を見て、ふしぎそうにヒソヒソ話をしていたが、そのうちに漁師のなかでもえんりょのないのが、思いきって声をかけた。

「失礼ですが、あなたがたは、どちらからおいでになりました？」

「ああ、わたしたちですか。わたしたちは東京からきましたよ」

にっこり笑って答えたのは金田一耕助である。

「東京から……フーン、そしてまた、どちらへおいでになりますか？」

「なにね、ちょっと、瀬戸内海の島々を見物してまわろうと思いましてね」

「へへえ、それはまたけっこうなご身分で。……そして四人さん、お連れさんで」

「さよう、四人連れですがね」

と、金田一耕助は連れの三人をかえり見ると、そこで急に思いだしたように、

「そうそう、ときにおたずねがあるんですが、……ちかごろこの船で、どっかの島へ渡った者はありませんか。やっぱりわたしたちとおなじように、東京からきたものですがね」

「さあ」

胴のまにギッチリつまった客たちは、たがいに顔を見合わせていたが、そのなかのひ

とりに、

「どうだね、船長、おまえさんに心あたりはないかね？」

と、声をかけられて、

「そうですねえ」

と、機関室から胴のまをのぞきこんだのは、四十歳前後のひとのよさそうな船長だった。

「ちかごろ……といってもいつごろのことですか」

「この二、三日のあいだのことだがね」

「それじゃ、心あたりはありませんね。いいえ、ここしばらくよその土地のひとで、この船に乗った者はひとりもありませんよ。だいぶまえ、そう、もう半年にもなりますかね。東京のなんとかいうえらい博士が、龍神島《りゅうじんとう》へ渡るといって、この船に乗ったことがありますがね」

龍神島――と、きいて四人はハッと顔を見合わせた。しかし、金田一耕助はすぐさりげないちょうしになって、

「龍神島というのへ、この船も寄るのかね？」

「とんでもない。龍神島も無人島もおなじですから、そんな島へ寄りゃしません」

「フーム、すると、龍神島へ渡るには、どうしたらよいのかね」

「なに、それならば、龍神島のとなりにある、獄門島《ごくもんじま》というのへたちよって、そこの網

元の鬼頭《きとう》さんというのにたのめばよいのです。鬼頭さんはあのへん一帯に漁場をもっていますから、しけやなんかのとき、逃げこめるようにと、龍神島にかんたんな小屋をたてているんです。

さっきから、この会話をきいていた漁師のひとりが、そのとき、急にひざをすすめて、

「だんな、それじゃだんなは、龍神島へ渡るんですか。それならば悪いことはいわないから、およしになったほうがためですよ」

「どうして?」

「どうしてって、龍神島というのは、そのむかし、龍神長太夫という海賊が、根城にしていたところですが、そののちうちたえて、住む者もなく荒れていたところ、ちかごろまた海賊が住みついたということです」

「海賊が……!」

「ええ、新聞でもごらんになったでしょうが、ちかごろこのへんには海賊がでるんです。いずれはやくざくずれのあぶれ者でしょうが、十人、二十人と集団になって、沿岸の町や村をあらすばかりか、船をおそって金や品物をまきあげていきます。警察でもやっきになって、海賊のアジトを捜していたんですが、ちかごろになって、龍神島にかくれているんじゃないかということになったんです。そういうわけですから、悪いことはいいません。そんな危ないところはおよしになったほうがいいですよ」

金田一耕助に三津木俊助、それに御子柴進少年に一柳藤子の四人は、それをきくと、

フームと不安そうに顔を見合わせた。

「いや、それはご注意ありがとう。なに、わたしたちは龍神島が目あてというわけではなく、じつは、その獄門島へいくつもりでね。そこにいる清水さんというお巡りさんに、紹介状をもらっているのでしてね」

金田一耕助はそれきりなにもいうなと、ほかの者に目くばせすると、だまりこんでしまったが、やがて笠岡をでて二時間あまり、あちらの島、こちらの島に客をおろして、最後に着いたのが獄門島である。

「船長、龍神島というのはどの島ですか?」

「龍神島ですか。龍神島なら、ほら、あの島ですよ。右のほうに見えている……」

船長が指さすかなたを見れば、海上四キロメートルほどのむこうに、スズメ色をした小島が浮かんでいる。金田一耕助の一行は思わずそれに見とれたが、わけても、藤子の気持ちはどんなだっただろう。

ああ、その島こそは藤子の父が、いのちかけてさぐりだした島。そして、その島のどこかにこそ、海賊龍神長太夫のばくだいな財宝がかくされているはずなのだ。

龍神島の撃ち合い

それにしても金田一耕助は、どうしてこんなところへやってきたのだろうか。そのことについて、ちょっとここに書いておくことにしよう。

夜光怪人にぬすまれた、吉祥天女の像。——あのなかに一枚の地図がかくされていたのだ。金田一耕助はあの像を、藤子からあずかったとき、すぐにそれに気がついたのだが、その地図こそは龍神島のありかを示すものだった。

そして、そこには、

「島のくわしい地図については、龍夫の膚にほったかくし彫りを見ること」

と、注意書きがしてあった。金田一耕助はそこでハッと、つぎのようなことに気がついたのである。ひょっとすると、龍夫の膚にほられた地図には、宝のありかこそ示してあれ、それがどこのなんという島なのか書いてないのではあるまいか。

そして、そこには、島のありかを知るためには、吉祥天女の像にある、地図を見ることというようなことが、書き入れてあるのではあるまいか。

つまり、用心ぶかい一柳博士は、地図をふたつにわけ、その両方を手に入れなければ、宝の山へはいることが、できないように仕組んでおいたのではないだろうか。

金田一耕助は急に希望をおぼえた。もしそうだとすれば、いつか夜光怪人が、吉祥天女の像を盗みにくるにちがいない。そのときは、しゅびよく相手に盗ませてやろうと、そのことを藤子にもよくいいふくめておいたのだ。

なぜだろう。それというのはほかでもない。金田一耕助は龍神島のありかは知ったが、その島のどこに宝がかくしてあるかわからないからだった。それを知っているのは、夜光怪人いがいにない。だから夜光怪人に島のありかを教えてやれば、きっとそいつは龍神島へいくにちがいない。だから金田一耕助もひそかに島へ渡り、夜光怪人を見張っていて、そいつが宝を掘りだしたところを、とりおさえたらどうだろう。

……と、いうのが金田一耕助の計画だったのである。

それはさておき、金田一耕助の一行が、獄門島の栈橋《さんばし》へあがると、そこに島のお巡りさんの、清水さんが出迎えていた。

「ああ、あなたが金田一先生ですか。わたしが清水巡査です。じつはさっき、笠岡の本署から電話がかかってまいりまして、これからこういうかたがいくから、失礼のないようにとのことでしたので、お迎えにまいりました」

金田一耕助はここへくるまえ、笠岡の警察へよって、署長に清水さんへの紹介状を書いてもらったのだ。金田一耕助といえば、日本一の名探偵だから、署長もよろこんで紹介状を書いてくれたばかりか、あとから島へ電話をかけて、清水巡査にそのことを知らせておいてくれたのである。

「いや、それはごくろうさまでした」

と、それからまもなく一行は、清水巡査の案内で、島の駐在所へはいったが、清水巡査がふしぎそうにたずねるのに、

「署長さんのお話では、あなたがたは龍神島へ渡りたいということですが、なにかあの島にご用でもおありですか？」

「じつはちょっと調べたいことがあって……あそこへ渡るには、この島の網元、鬼頭さんの助けがいるということですが、あなたからそのことを、鬼頭さんに話してくださらんか」

「それはおやすいご用ですが、あの島についちゃ、ちょっと妙なことがありましてね」

「妙なことというのは海賊のことですか？」

「そうそう、それもありますが、そこへもってきて、最近、また別の一味があの島へやってきたらしいんです。

そして二つのグループの悪人たちのあいだにいさかいが起こったらしく、昨夜なども、さかんにピストルを撃ちあう音が、ハッキリここまできこえてきたんですよ」

それをきいて四人は思わずギョッと、顔を見合わせた。ああ、ひょっとするとあとからきた一味というのが、夜光怪人の仲間ではないだろうか。

「それで、さっきも電話で署長にそのことを話し、武装警官の一隊を、至急よこしてくれるようにいっておいたのです。いずれ夕がたまでには到着すると思いますが、そうしたら、今夜、龍神島へ渡ってみようと思います。しかし、それは危険な仕事ですから、あなたがたをご案内するのは……」

清水巡査がためらうのも無理はないが、金田一耕助の一行にとっては、これほどよい機会はまたとない。一行四人はそのチャンスをのがさず、龍神島へ渡るつもりで、笠岡から、武装警官の到着するのを、いまかいまかと待っていたが、はたしてその日の夕がたになって水上署のランチがやってきた。ランチのなかには署長をはじめ、十数名の武装警官がものものしいかっこうで乗っている。

署長は金田一耕助にあいさつすると、清水巡査や島の網元、鬼頭の主人、儀兵衛《ぎへえ》というひとなどを呼び集め、いろいろ情報をきいたが、たとえ武装しているとはいえ、十数名では不足なことがわかった。それというのが、まえからいる海賊だけでも、十数人はいるところへ、ちかごろ新手のやつがきたらしいので、これをひとりのこらず捕らえようと思えばちょっとやそっとの人数ではたりないのだ。

そこで網元に相談したところ、鬼頭さんはすぐに島じゅうの漁師を呼び集め、警官たちの応援をするようにとたのんだが、だれひとりとして尻《しり》ごみする者はない。

なにしろ龍神島の海賊には、いままでたびたび迷惑をかけられているのだ。血気にはやる漁師たちは、それをくやしがって、なんとか仕返しをしたいと考えていたのだが、相手は飛び道具を持っているのだから、うっかり手だしもできない。歯ぎしりをしてくやしがりながらも、いままでひかえていたのだから、いま、十数人という武装警官の味方をえて、ときこそきたれりとよろこんだのもむりではなかった。

こうしてその夜。

十そうの小舟に分乗した、五十人あまりの元気な若者が、勝手を知った龍神島の要所要所にむかうことになった。それらの舟には、二そうにひとりのわりあいで、警官たちが乗っている。そして、残りの警官たちは、署長とともに正面から、龍神島をおそうことになった。

さて、金田一耕助の一行だが、これは網元の鬼頭さんとおなじ舟で、裏がわから龍神島へむかうことになった。

このようにして、用意がすべてととのったのは、ちょうど夜の七時。むろん、日はすでに暮れていたが、幸いにいい月夜である。作戦に失敗するようなことはあるまい。

「鬼頭さん」

用意の舟にのりこんだとき、金田一耕助が思いだしたように、こんなことをたずねた。

「あの島は無人島だといいますが、ほんとにいままで、だれも住んでいなかったのですか?」

「いや、じつは、島の中央に龍神塚《りゅうじんづか》というのがあって、そこに弁秀《べんしゅう》という変な坊主が、塚守《つかも》りとして住んでいたのですが、海賊がアジトにするようになってから、ゆくえもわからず、みんな心配しているのです」

龍神塚——と、きいて一同はハッと胸をとどろかせた。ああ、それこそ、宝のかくし場所ではないだろうか。

進は歯をくいしばって、ゆくてに待ち受けている冒険に胸をおどらせていたが、そのときだった。署長の命令一下、待機していた十そうの小舟が、クモの子を散らすように、スルスルと獄門島からこぎだしたが、ああ、このとき、目ざす龍神島でも、なにか変わったことがあったにちがいない。

にわかにパチパチと、豆をいるようなピストルの音がきこえてきたかと思うと、やがてパッと火の手が……それも、一か所だけでなく、二か所、三か所からあがったかと思うと、見る見るそれが燃えひろがって、天をもこがすほのおとなり、あたりの海上いちめんを照らしだしたのだ。

ああ、龍神島にはその夜、どのようなことが起こったのだろうか。

ふくめんの首領

ひと月ほどまえから、龍神島をアジトとしている海賊団は、みずからオリオン組と称する一味だが、このオリオン組の首領というのは、片目片足の恐ろしい面がまえをした男だった。

片方の足には義足をはめ、片手に松葉杖《まつばづえ》をつき、片目は黒いぬのでおおっているが、その気性のざんにんなこと、腕力の強いこと、また挙動のすばしっこいことは、まるでゴリラのようだった。

だれもこの男の正体を知っている者はいない。仲間の者はただ単に、首領とか、ボスとか呼んで、まるで鬼のように恐れているのだ。

そのボスは、いま龍神塚を背にして猛獣のようにたけりくるっている。敵のはなった火の手は、えんえんとして天をこがし、まるで昼間のような明るさ、火の粉が雨のようにふりしきり、パチパチと生木の燃えさける音と、パンパンとピストルを撃ちあう音がこだまして、龍神島にはいま、すさまじい殺気がみなぎっている。

オリオン組はそうぜいしめて十六人。しかし、昨夜からの戦いで、ひとり傷つき、ふたりたおれ、いまでは満足に働ける者は、六名しかいない。その六名はいま、龍神塚を背にして、丸く半円型をつくり、見えない敵にむかって、やたらめっぽう、ピストルのたまをぶちこんでいるのだ。

龍神塚というのは、網元の鬼頭さんもいったとおり、島の中央にあるのだが、そこは高いがけの下になっており、がけのふもとを大きくくりぬいて、そこに龍神が彫ってあるのである。そして、そのがけのくぼみに、大きな塚がきずいてある。

塚の周囲も、がけの上も、るいるいたる巨石がつみかさなって、そのあいだに、ヒョロヒョロやせたアカマツがはえている。しかし、その巨石の層はごくせまく、その外がわはうっそうとした原始林。原始林が、ゴーゴーと音をたてて燃えさかっているのだから、そのものすごいことといったらない。しかもおりおり風のぐあいで、ほのおがパッと龍神塚のほうへながれてくるのだろう、その熱いことといったら……それこそ焦熱地獄《しょうねつじごく》とはこのことだろう。

「アッ！」

またひとり、オリオン組のひとりが、敵のたまにあたってたおれた。

「ボス、こりゃもういけません。ここにいちゃとても防ぎきれません。いったんここをおちのびて、テングの鼻で戦いましょう」

さすがいのちしらずの海賊も、とうとう悲鳴をあげた。しかし、そんなことばを、耳にかける首領ではない。

「ばかいえ。きのう捕らえた捕りょのやつはなんといった。敵の首領がねらっているのは龍神塚だということだ。この塚に、いったいなんの用があるのか知らないが、そうと知っててみすみすここをあけ渡せるものか。かなわぬまでも、おれは、ここで戦ってみせるのだ」

怒りのためにまっ赤な顔をした首領の顔には、滝のように汗がながれている。片手に松葉杖をつき、片手にピストルをにぎりしめ、巨石の上に仁王立ちになっているすがたは、さながら悪鬼のようなものすごい顔つきである。

「いいか、だれもここをはなれるな。もし、おれの命令を待たずに、ここをはなれるやつがあったら、おれの手でぶち殺してやる！」

ピョンピョンと、松葉杖を片手でついて、巨石から巨石へととびまわりながら、ギリギリ歯ぎしりかんでいるところをみると、子分の連中は、敵よりもまずこの首領を恐れずにはいられなかった。こうなっては、もう逃げるにも逃げられない。敵弾にやられるか、おそってくるほのおにやられて死ぬか、二つにひとつのみちよりない。みんな絶望的な目を血走らせて、むがむちゅうでピストルをぶっぱなしている。

だが……

そのときだった。とつじょ、メリメリとものすごい音がしたかと思うと、ほのおにまかれた一本の巨木が、金粉のような火の粉をまきちらしながら、こちらのほうへたおれてきた。

「ああ、あぶない！」

生き残った五人の者が、サッと巨石からとびのいた瞬間、焼けただれた大木が、ものすごい音をたてて、ドサリと龍神塚の上へたおれてきた。

「ちくしょう！」

ギリギリと奥歯をかんだ首領。

「ええ、もうこうなったらしかたがねえ。みんなテングの鼻へひきあげろ！」

「おっと、がってんだ！」

首領の命令一下、生き残った四人の者は、バラバラと龍神塚をはなれると、うしろのがけをのぼっていった。

「ボス、ボス！　おまえさんもいっしょにこないのですかい」

「うん、おれもすぐいく。おまえたちはひとあしさきにいって、ランチの用意をして待っていろ」

「おっと、承知」

四人の子分はがけへのぼって、すぐにすがたが見えなくなったが、どういうわけか首領は、そのあとを追おうともせず、しばらくあたりを見まわしていたが、やがてなにかうなずくと、巨石と巨石のあいだにある、大きなすきまへスッポリと身をかくしてしまった。

と、つぎの瞬間――いりみだれた足音が近づいてきたかと思うと、やがてヒョッコリ、この龍神塚へすがたをあらわしたのは五、六人の荒くれ男たちだ。

「親分、どうやら相手はあきらめて、この龍神塚をすてていったらしいですぜ」

「フム」

と、かるくうなずいたのは、おお、なんと、頭からスッポリと、黒い三角ずきんをかぶった人物ではないか。

ふくめんの首領はあたりを見まわし、

「とにかく、あの大木の火を消してしまえ。ほかへ燃えうつっちゃめんどうだ」

「おっと、がってんです」

さっきから下火になっていた大木は、五人の荒くれ男たちの手によって、すぐにもみ消されてしまった。

「おお、ごくろう、ごくろう。それじゃおまえたちは逃げていったやつを追っかけろ。なに、行き先はテングの鼻ときまっている。おや、あの物音はなんだ！」

ふくめんの首領がはじかれたようにふりかえったときだった。あちこちに起こるとき、の声、それにつづいて、またパンパンとピストルを撃ちあう音がきこえてきた。

「なんだ、なんだ、どうしたのだ！」

一同がサッと緊張したとき、火の粉をくぐってころげるようにかけつけてきた男がある。

「たいへんだ、たいへんだ。手がまわった。武装警官の一隊が、おおぜい島へ押しよせてきた!」

それをきくとふくめんの首領をはじめ、五人の荒くれ男どもも、サッと全身をふるわせたのだ。

地底の大宝庫

金田一耕助の一行が、網元の鬼頭さんの船で、龍神島の側面へ上陸したのは、それからまもなくのことだった。

そのころには、戦いもあらかたおわっていたが、それでも、まだあちこちで小ぜりあいが演じられているらしく、おりおり島のあちこちで、パンパンとピストルを撃ちあう音がきこえた。

オリオン組の一味も、ふくめんの首領の一味も、昨夜から戦いつかれているところへ、新手の武装警官におそわれたものだから、案外いくじなく降参してしまったらしいのだ。

金田一耕助の一行は網元鬼頭さんの案内で、すぐに龍神塚へむかったが、道々捕らえたふくめんの首領の子分たちにきいてみると、かれらがこの島へやってきたのは、だいたいつぎのような事情だったようである。

「へえ、わたしは仕事にあぶれて、水島の海岸をブラブラしていたんです。すると黒めがねをかけ、大きなマスクをした男がやってきて、じぶんの仲間にならないか。なに、かくべつ悪いことをするわけじゃない。龍神島にたてこもっている、海賊の一味を島から追いだすだけの仕事だというんです。

それでわたしも仲間にはいったんです。なんのためにこの島から、海賊を追いだすのか知りませんが、とにかく、たくさん金をくれましたし、それに、この島から海賊を追いだせば、おおぜいのひとたちのめいわくを助けることだと思ったものですから。……ええ、マスクの男ですか。いいえ、一度も顔を見たことはありません。船へのりこみ、この島へきてからは、いつも黒い三角ずきんを頭からスッポリかぶっていましたからね」

これでだいたいの事情はわかった。夜光怪人はこの島に、海賊の一味がたむろしているときいて、まず、かれらの追いだしにとりかかったのではあるまいか。しかし、しゅびよく海賊を追っぱらって、めざす宝を手に入れることができるだろうか。

それからまもなく一行は、島の中央にある龍神塚へやってきたが、見ればそのへん一帯は、さんたんたるありさまなのである。あの焼けただれた大木は、いまだにブスブスくすぶっているし、そのそばには、傷ついた海賊たちが、苦しげなうめき声をあげてはいまわっている。火の手はだいぶおさまったが、それでもまだ、この血みどろな光景を、照らしだすには十分だった。

それにしても、あのふくめんの首領や、巨石のあいだに身をかくしたボスはどうしたのだろう。金田一耕助はしばらくあたりを見まわしていたが、そのときだった。

「アッ、あんなところに坊さんがしばられている！」

進の声にふりかえると、龍神塚のすぐうしろに、ボロボロの着物を着た坊主がひとり、手足をしばられ、さるぐつわをはめられて投げだされているのだ。

「アッ、塚守りの弁秀さんだ！」

鬼頭さんの声に、三津木俊助がすぐかけよって、ナワを解き、さるぐつわをはずしてやると、塚守りの弁秀は気がくるったように身をふるわせながら、

「ふくめんの男があの穴へ……！」

「なに、あの穴？」

弁秀さんの指さすほうを見ると、がけ下のくぼみの奥に、ポッカリ大きな穴があいている。

「あの穴へ、ふくめんの男がはいっていったというのか」

「そうです。そうです。仲間の者を追っぱらい、じぶんひとりになると、こっそりあの穴へはいっていったんです。わたしは長年ここに住んでおりますが、あんなところに、あんな穴があるとは、いままで、夢にも知りませんでした。ところが……」

「ところが……？」

「そいつがはいっていくと、すぐそのあとから、片目片足の首領が、ものすごい顔つきをして、あとを追っかけていったんです。きっと……きっと……あの穴のなかに、なに

かあるにちがいありません」

それをきいて一同は、ギョッと顔を見合わせたが、そのときだった。

穴の奥から遠くかすかにきこえてきたのは、パン、パンという二発の銃声。――そしてそれきり、あとは墓場のような不気味なしずけさ……。

「三津木くん、とにかくなかへはいってみよう。鬼頭さん、あなたは弁秀さんとここで待っていてください」

「金田一さん。私もいきます」

「ぼくも連れてってください」

「よしよし、きみたちはこの結末を見きわめるけんりがあるね。よし、いっしょに来たまえ」

鬼頭さんと弁秀さんをそこに残して、四人はすぐに、穴のなかへもぐりこんだ。

穴のなかはまっ暗だが、みんなてんでに懐中電燈を持っているから、それほど不自由ではない。一同は用心ぶかく身がまえながら、すり足で穴のなかを進んでいった。穴はずいぶん奥ぶかくて、いけどもいけどもはてしがない。しかし、それでも三百メートルばかりきたときだった。

「アッ、あんなところにだれかたおれている！」

進の声に、一同がかけよってみると、それはオリオン組の首領、あの片目片足のボスだったが、みごとに胸を撃ちつらぬかれ、すでに息はない。しかも、その右手には、まだうす煙のたっているピストルを、しっかりとにぎりしめているのである。

金田一耕助はおどろいて、懐中電燈の光をたよりに、暗い穴の奥を見まわしたが、そのとたん、一同のくちびるからいっせいに、アッというおどろきと感嘆の叫びがもれたのだった。

かれらの立っているところから、三、四十メートル向こうで穴はいきどまりになっている。そしてその正面に、ボロボロに朽ちたよろいがひとつ、うやうやしくかざってあるのだが、そのよろいのまわりには、なんとうずたかく金貨や宝石がもりあがっているではないか。たぶん、それはもと、いくつかの箱におさめてあったのだろう。だが、長い歳月と、地底の湿気で箱がくさり、ひとりでに、なかの宝物があふれだしたにちがいない。

ああ、地底の大宝庫、一柳博士の探検は、やっぱり夢でもまぼろしでもなく、世にもまれな大宝庫がじっさいここにあったのである。

一行四人はぼうぜんとして、この宝の山を見つめていたが、ふと気がつくと、その宝の山に片手をつっこんだまま、ひとりの男がたおれている。金田一耕助はつかつかとそばへよってみたが、いうまでもなくそれは、三角ずきんの男だった。三角ずきんの男もまた、片手にピストルをにぎったまま、みごとに胸を撃ちつらぬかれて死んでいるのだ。

おそらく、オリオン組の首領と撃ちあって、あい撃ちとなって死んだものにちがいない。

金田一耕助はしばらく暗い顔つきをして、そのすがたを見守っていたが、やがて、思

いきってずきんに手をかけ、サッとそれをとりさったが、そのとたん、一同のくちびるからいっせいにもれたのは、

「アッ、小田切準造老人！」

そうなのだ。ああ、なんということだろう。ふくめんの首領というのは、東京で殺されたとばかり思っていた小田切準造老人ではないか……。

その翌日、龍神塚のほら穴に、厳重に封印《ふういん》した金田一耕助の一行が、いったん本土へひきあげることになったが、その船中で、金田一探偵がしんみり語ったところによると、こうだった。

「夜光怪人が小田切準造であったか、黒木探偵であったか、いまとなっては永遠の謎というよりほかはないね。わたしの考えでは、やっぱり夜光怪人は、黒木探偵だったのではないかと思う。しかし、黒木探偵が夜光怪人だったにしろ、それはおそらく、小田切準造、すなわち、大江蘭堂のさしがねだったにちがいない。小田切準造は黒木探偵に、秘密をうちあけ、宝のありかを書いた地図を手に入れさせた。そしてしゅびよく黒木探偵の夜光怪人が、それを手に入れたところで、横からとびだし、夜光怪人を殺して、すべての秘密をじぶんでひとりじめにしたのだよ。だから、こんどの事件の場合、ほんとうの悪人は小田切準造の大江蘭堂だったのだ。黒木探偵の夜光怪人はそれにくらべると、でくの坊《ぼう》にすぎなかったのだよ」

「先生、そうすると、小田切準造というのは、大江蘭堂の変装だったのですか？」

「いやいや、そうじゃない。大江蘭堂というのが、小田切準造の変装だったのだよ。人間の欲にはきりがない。小田切準造はあんな大金持ちだったにもかかわらず、大江蘭堂という人物に化け、いろいろ悪事をはたらいていたのだ」

金田一耕助はそういって、暗いため息をついたが、やがて悪夢をはらいおとすように首をふると、

「しかし、もうわれわれはそのことを忘れよう。それよりも、もっと明るい話をしようじゃないか。おめでとう、藤子さん。あなたはいちやく大金持ちになりましたよ。あの外国の古代金貨や宝石はどんなに少なく見つもっても、十億円はあるでしょう」

「いいえ。あれはわたしのものではありませんわ」

藤子は強く首をふって、

「あれは貧しいひとたちのものです。それが亡くなった父の遺志でした。でも、でも、……あたしうれしいのです。父の志《こころざし》がとげられたことがうれしいのです。先生、ありがとうございました」

藤子は深く、深く頭をたれた。

おりから瀬戸内海は日本晴れで、龍神島の空のあたりに、美しい太陽がさんぜんとかがやいている。

その龍神島から掘りだされた、すばらしい財宝が、やがて貧しいひとびとの、幸福に役立つ日も、そう遠いことではないにちがいない。

謎の五十銭銀貨

私のマスコット

駒井不二雄《こまいふじお》のおじさんの、駒井啓吉《けいきち》は小説家である。いたってのんきなひとで、三十六歳になるのに、おくさんもなく、不二雄のところに同居している。

その啓吉おじさんのところへ、ある日、雑誌社の人がきて、『私のマスコット』という題で、お話をしてくれとたのんだ。マスコットというのは守り神のことである。

すると、啓吉おじさんは、

「わたしのマスコットですか。わたしのマスコットというのは、これですよ」

と、そういって、机のうえにあった五十銭銀貨を、雑誌社のひとに見せた。いまはもう五十銭銀貨なんて、見ようったって見られないが、戦争のとちゅうまでは、こういうおかねが、通用していたのだ。

もっとも、五十銭銀貨にもいろいろあって、だんだん小さくなったが、啓吉おじさんのマスコットは、大正三年に出たもので、直径三センチぐらいある。

雑誌社のひとはふしぎそうに、

「これが先生のマスコットですって、なにかこれにはわけがあるのですか」

と、たずねると、啓吉おじさんはにこにこ笑って、

「そうですとも、これにはおもしろい話があるんです。まあ、ききたまえ、こうですよ」と、話しだしたのはつぎのような物語である。以下しばらくわたしというのは、啓吉おじさんのことだと思ってくれたまえ。

あれは昭和十六年の暮れか十七年の春か、とにかく寒い晩のことでした。わたしは用事があって新宿の裏通りを歩いていました。ところで、きみはおぼえているかどうか、あのじぶん、新宿の裏通りには、夜になると、ずらりと易者が店を出していましたね。

その晩、わたしはブラリと、易者に手相をみてもらったんです。いいえ、わたしは手相だの人相だのということは、大きらいなんですが、つい、そんな気になったんですね。そこで易者のいうままに、手袋をぬいで左手を出したんですが、すると易者はギクリとしたように、わたしの顔を見あげました。

易者がおどろいたわけはわかっています。ほら、ぼくの左手の小指は半分なくなっているでしょう。これは戦争のはじめに、上海《シャンハイ》で負傷したんですが、易者がおどろいたのはこのことだろうと、わたしは気にもしませんでした。じつはあとから考えると、もっと深いわけがあったらしいんですが……。

ところで、そのときのわたしのようすですが、なにしろ寒い晩でしたから、コートのえりを立て、それにマスクをしていましたから、易者にもよく顔が見えなかったろうと思います。さて、易者がわたしの手相をみて、どんなことをいったか、よくおぼえていませんが、そんなことはどうでもいいのです。そのあとで、わたしが見料《けんりょう》として一円札をわたすと、そのおつりとして易者がわたしにくれたのが、この五十銭銀貨なんです。あとから考えると、そのときの易者のようすは、たしかに変でしたよ。キョロキョロあたりを見まわし、わたしに銀貨をにぎらせると、早くいけというような合図をするんです。

わたしも変だと思いましたが、べつに気にもとめず、そのまま新宿駅から立川ゆきの電車にのったのです。ええ、そのじぶんからわたしは、吉祥寺《きちじょうじ》のこの家に住んでいるんですよ。

ところで、そのじぶんすでに銀貨はめずらしくなっていたんでしょう。で、わたしは何気なく、電車のなかで、その銀貨をいじっていたんですが、どうも少し軽すぎるように思われるんですね。

これは変だと思ったものだから、家へ帰って調べてみると、たしかに軽い。おまけにたたいてみると、音もちがう。どうもなかがうつろになっているんじゃないかと思われる。わたしは、ハッとして、まわりのギザギザを調べたところが、これがみんな食いちがっているんです。わたしはいよいよ好奇心を起こして、いろいろいじくっていると、どうでしょう、ほら、このとおり……。

と、そこまで話すと啓吉おじさんは、クルクル銀貨をねじっていたが、するとどうだろう。銀貨の裏と表がポッカリはずれて、しかもうつろになったそのなかには、紙きれのようなものが、はいっているではないか。

雑誌社のひとはおどろいて、

「あっ、その紙きれはなんですか」

「それがね、どうやら暗号らしいのですが、……ほら、これです」

と、銀貨の中からとりだしたうすい紙をひろげてみると、そこには、つぎのような数字が書いてあるのだった。

3.2　1.1　5.5　2.2″　7.2　5.5
5.5　1.1　6.2°　6.1　8.1　1.2　4.1″

雑誌社のひとは目をまるくして、

「なるほど、これは暗号らしいですね。そして先生は、この暗号をお解きになったんですか」

「なかなかそうはいきません。ぼくは同じ小説家でも、探偵小説家じゃありませんからね」

「しかし、先生、易者がどうしてこんなものを、先生にわたしたのでしょう」

「それは、こうだと思うんです」

と、啓吉おじさんはにこにこしながら、

「あの易者はひとちがいをしたんですよ。そしてひとちがいの原因というのはわたしの左の小指だろうと思うんです。易者はあの晩、左の小指のかけてる男に、この銀貨をわたすことになっていたんですね。そこへわたしがこの左手を見せたもんだから、わたしの顔を見なおした。ところがあいにく大きなマスクをかけていて、顔がよく見えなかったので、つい、まちがえてこの銀貨をわたしたんですね。とにかくぼくはその翌晩、もう一度新宿へ出向いていって、易者を捜してみたんですが、とうとう見つからなかったので、いまだにこうして持っているわけです。どうせこんな銀貨を使ったり、暗号を使ったりしているのだから、なにかきっと後ろ暗い仕事に関係があるんだろうと思いますが、ほら、よくいうでしょう。どろぼうのおきわすれていったものを持ってると、幸運がくると、……それでぼくはこの銀貨を、マスコットとしてだいじにしているんですがねえ」

不二雄も、そのときおじさんのそばにいて、はじめてこの話をきいたのだが、ひどく興味をそそられて、おじさんや、雑誌社のひとといっしょに、なんとかして暗号を解こうと、いろいろ首をひねったが、とうとう解くことができなかった。

ところで諸君、諸君はひとつこの暗号を解いて、啓吉おじさんや不二雄の鼻をあかしてみてくれないか。なに、これはたいへんやさしい暗号なのだから。

さて、啓吉おじさんのその話は、暗号の数字だけをぬきにして、そっくりそのまま、その月の雑誌にのせられたが、それがもとになって、ひとつの事件が起こったのである。

ふしぎな客

それは雑誌がでてから、一週間ほどのちのことである。

啓吉おじさんのところへ、香山由紀子《かやまゆきこ》というきれいなお嬢さんが遊びにきた。

由紀子はことし十八歳。もとはたいへんなお金持ちで、高輪《たかなわ》のほうに二十もへやがあるというりっぱなお屋敷に住んでいたが、戦後だんだんびんぼうして、高輪のお屋敷も売りはらい、ちかごろ不二雄の家のそばへ、引っ越してきたひとである。

由紀子は、まえから啓吉おじさんの小説の愛読者だったが、それがつい近所に住むようになったものだから、ときどき、こうして遊びにくるのである。不二雄もこの由紀子が大好きなので、遊びにくると、いつもそばにくっついている。不二雄は小学校の六年生だが、ひとりっ子で兄弟がないものだから、由紀子を、姉のようにしたっているのである。

きょうもきょうとて、その由紀子が遊びにきたので、不二雄もおじさんのへやへきて、いろいろとりとめのない話をしていたが、そのうちに、啓吉おじさんが、心配そうに由紀子の顔をのぞきこみながら、こんなことをいった。

「どうしたの、由紀ちゃん、きょうはなんだか元気がないね。また、おかあさんがわるくなったんじゃないの」

　由紀子のおとうさんは戦争ちゅうになくなり、いまではおかあさんとふたりきりのくらしだが、そのおかあさんが、からだが弱くて、しょっちゅう寝ていることを、啓吉おじさんも不二雄もよく知っていた。

　啓吉おじさんに、やさしくなぐさめられると、由紀子はもう涙をうかべて、

「ええ、ちかごろまた少し……、それで、先生にお願いがあるんですが」

「ぼくにたのみ……？　どんなこと、いってごらん、ぼくにできることなら、なんでもしてあげるよ」

「ええ……」

　由紀子はちょっと口ごもったのちに、それでも思いきったように、

「あたし、ピアノを売ろうと思うんですが、どなたか買ってくださるひとはないでしょうか。それを先生にお願いしようと思って……」

　啓吉おじさんは、目をまるくして、

「ピアノを売る？」

「どうして、ピアノなんか売るの。だって、このあいだきたときは、ピアノは自分のいのちだから、どんなことがあっても手ばなさないといってたじゃないの」

　啓吉おじさんがそういうと、由紀子はいよいよ悲しそうな顔をして、

「ええ、あたしもそう思っていましたが、おかあさまのご病気で、いろいろ、お金がいるものですから。……それにおかあさまがご病気なのに、のんきにピアノなんかひいて

られないと思いますのよ」

由紀子はかねてから、音楽家になるのが志望だった。

「ふむ、まあ、それはそうだけれど、そう、きゅうに売ってしまわなくっても……」

と、ふたりがそんな押し問答をしているところへ、お手伝いさんが客の名刺を持ってはいってきた。名刺をみると客というのは、『オーロラ』という雑誌を出している、極《きょく》光社《こうしゃ》という雑誌社のひとで、山田進というひとだった。

「ああ、そう、それじゃこちらへ通しておくれ」

啓吉おじさんがそういうと、由紀子はソワソワして、

「お客さまですか。それじゃ、あたし帰りますわ」

と、腰をうかしかけるのを、啓吉おじさんはひきとめて、

「いいんだよ。どうせ原稿をたのみにきたんだろうから、そんなむずかしい話じゃありゃしない。きみが帰ると、不二雄がさびしがるから、まあ、もう少しいてやってください」

と、そんなことをいってるところへ、極光社の山田進というひとがあがってきた。いいわすれたが、啓吉おじさんのへやというのは、二階の洋間になっているのである。

「はじめまして、わたし、極光社の山田進というものですが……」

そういってあいさつをしたところをみると、山田進というひとは年ごろ四十二、三歳、ひたいのはげあがった人相のよくないひとで、どうしても雑誌社のひととは見えなかっ

た。

　さて、山田進というひとの用件というのは、啓吉おじさんの察しのとおり、原稿のちゅうもんだったが、啓吉おじさんが、いまいそがしいからとことわると、すぐ、はあ、そうですかと、話をひっこめてしまった。ひどくあきらめのよいひとだと、そばできいていた不二雄でさえが、たよりないように思ったくらいだ。

　そこで啓吉おじさんと、山田進というひとは、二こと三こと、とりとめのない話をしていたがきゅうに相手が思い出したように、

「そうそう、このあいだある雑誌で、先生のお話を拝見しましたよ。ほら五十銭銀貨の話……、あれはひどくおもしろい話ですが、ほんとにあんなことがあったんですか。先生の作り話じゃないんですか」

　と、そんなことをいいだした。

「ほんとうですとも。作り話じゃありませんよ。ほらそのしょうこがこの五十銭銀貨です」

　と、啓吉おじさんが、机の上においてある五十銭銀貨をとってみせると、

「あっ、それがそうですか。なるほど、ちょっと拝見してもいいですか」

「さあ、どうぞ、どうぞ、表のほうを上にして、右のほうへまわしてごらんなさい。ほら、ひらいたでしょう」

「あっ、なるほど、これはまた、じつにこまかい細工をしたものですね。ああ、この紙

が暗号を書いたものですか」

山田進が、暗号の紙をひらこうとするのを、

「いや、それだけはいけません」

と、啓吉おじさんは、いきなり銀貨をとってしまった。

「この暗号だけは、だれにも見せないことにしています。暗号の解けるのはよいが、どんなことから、ひとにめいわくがかからないものでもありませんからね」

「なるほど、それはそうですね。いや、これは失礼しました」

山田進というひとは、いかにも残念そうなようすだったが、それからまもなく、きゅうに用事を思いだしたといって、あいさつもそこそこに、帰っていった。

あとで三人は顔を見合わせていたが、不二雄がいまいましそうに、

「おじさん、いったいいまのひとはなにしにきたの。まるで銀貨を見にきたみたいじゃないの」

すると、啓吉おじさんはニヤニヤ笑って、

「あるいはそうかもしれない。極光社のひとなら、ぼくはみんな知ってるんだが、あんなへんなやつはいやあしないよ。それに不二雄、おまえ気がつかなかったかい。あいつ右手の手袋はぬぎながら、左手の手袋だけは、とうとうしまいまでぬがなかったじゃないか。あれはいったい、どういうわけだかわかるかい」

啓吉おじさんはそういって、いかにもおもしろそうに笑うのだった。

深夜の怪事件

その晩のことである。

不二雄は真夜中ごろ、へんな物音にふと目をさました。

ミシリ、ミシリ。……

だれやら、屋根の上を歩いているようである。

どろぼう？

そう思うと、不二雄の心臓が、きゅうにガンガン鳴りだした。全身からサッとつめたい汗がふきだした。

不二雄は、いつも玄関のわきのへやに、ひとりで寝ることになっており、そのとなりは啓吉おじさんの寝室だった。おとうさんやおかあさんは、ずっとはなれた、奥のへやでやすむのだ。

不二雄はふとんのなかで、からだを固くして、じっと物音に耳をすましている。

ミシリ、ミシリ。……

また、屋根をふむ音がする。ああ、もうまちがいはない。たしかにだれかが屋根の上を歩いているのだ。不二雄の心臓は、いよいよはげしくおどって、のどがひりつくようなかんじであった。

やがて屋根を歩く音がやんだかと思うと、こんどはゴトゴトと、どこかをこじあけるような物音。——どうやら啓吉おじさんの、洋間の窓をこじあけているらしい。あの洋間は雨戸がなくて、ガラス戸だけだから、こじあけようとすればすぐひらく。

たいへんだ、どろぼうがうちへはいってくる！

不二雄は勇気をふるって、寝床のなかからはいだした。となりのへやに寝ている、啓吉おじさんに知らせようと思ったからだ。不二雄はソッとしょうじをひらいてろうかへ出たが、そのとたん思わずギョッと立ちすくんでしまった。

まっくらな階段の下に、だれやらひとが立っている！

こんどこそ不二雄は、思わず大声でさけびそうになったが、そのとき階段の下に立っていたひとが、ネコのように足音もなく、不二雄におどりかかってきたかと思うと、大きなてのひらでしっかり口をおさえると、

「しっ、だまって、声をたてるな！」

ああ、おどろいた。それは啓吉おじさんだった。

「あっ、びっくりした。おじさんだったの？　おじさん、おじさん、二階にだれか……」

「しっ、だまって、おじさんもよく知っている。不二雄、おまえはここにおいで、おじさんはちょっと二階へいってみるから……」

「おじさん、ぼくもいく」

「ばか、おまえは、あぶないからここにおいで」

「ううん、いくんだ、いくんだ。どろぼうをつかまえてやるんだ」

どんなにいってもきかないので、おじさんはとうとうあきらめて、

「よし、それじゃだまってついてくるんだぞ。声を出したらだめだぞ」

足音をしのばせて、ふたりが階段をのぼっていくと、どろぼうはすでに窓をやぶってはいってきているらしく、洋間のドアのすきまから、ぼんやり光がもれている。その光の動くところを見ると、懐中電燈を持っているらしい。

啓吉おじさんと不二雄は、ドアの前まではいよると、ソッとすきまからなかをのぞいたが、いる、いる、たしかにひとが、机のうえをかきまわしているのである。洋服を着て、ゲートルをまき、鳥打ち帽をまぶかにかぶり、おまけに黒いマフラーを鼻の上までまいているので、顔は少しも見えなかったが、ギロリと光る目がものすごい。

どろぼうは、しばらく机の上をかきまわしていたが、やがてなにを見つけたのか、

「あった！」

と、小さく叫んで、なにやらつかんでポケットにねじこんだが、そのときだった。

「どろぼう！」

だしぬけに啓吉おじさんが叫んだから、いや、どろぼうのあわてたのなんのって、ガラガラビシャンと、そこらじゅうにつきあたりながら、窓から外へとびだすと、ドタバタ屋根をふみならしてにげだした。

啓吉おじさんと不二雄は、すぐにへやへとびこんで、窓から首を出すと、

「どろぼう、どろぼう！」

大声に叫んだから、どろぼうはいよいよあわてて、ころげるように屋根から下へとびおりたが、そのときである。

軒下からヒラリとひとつの影がとび出すと、なにやらギラリと光るものをひらめかして、いきなりサッとどろぼうの上におどりかかった。

「うわっ！」

おそろしい悲鳴なのである。

それと同時にどろぼうは、骨をぬかれたようにクタクタと、道の上にへたばってしまった。すると軒下からおどりだした影は、すばやくどろぼうのポケットをさぐったのちに、なにやらとり出すと、暗い夜道をいちもくさんににげだした。

二階の窓からこれを見ていた、啓吉おじさんも不二雄も、あまりのことに声も出なかったが、そこへ、さわぎをきいてかけつけてきたのは、不二雄のおとうさんとおかあさんである。

「啓吉、どうしたんだ、いまのさわぎは……」

「にいさん、どろぼうがはいったんですよ。どろぼうが……」

「まあ、どろぼうですって。不二雄、あんたもこんなところへきて……」

おかあさんは、はやオロオロ声である。不二雄は、そのおかあさんにすがりついて、

「ああ、おかあさん、どろぼうは、あそこにたおれているんですよ。おじさん、おじさ

ん、おじさん。どろぼうはどうして動かないんでしょう。ひょっとすると、どろぼうはさっきのやつに……」

不二雄の声はふるえた。啓吉おじさんもまっさおになっている。

下を見ると、どろぼうが道の上にたおれたまま、いつまでたっても動くけはいは見えなかった。

洋服だんすを買いに来た男

どろぼうは、はたして死んでいるのであった。うしろから、するどい刃物でえぐられて、たったひと突きのもとに殺されたのだった。

さて、このどろぼうが極光社の記者、山田進と名のって、その日、啓吉おじさんをたずねてきたあの人相の悪い男であったことは、いまさらここに書きそえるまでもあるまい。それにしても、山田進を殺していった、もうひとりの男は何者だろう。

「なるほど、なるほど、するとこいつがきのう、極光社の記者といつわって、あなたをたずねてきたというんですね。そして、その目的は五十銭銀貨を調べにきたらしいと。ふうむ、なるほど、それはみょうな話ですね」

その翌日、知らせをきいてかけつけてきたのは、等々力《とどろき》警部《けいぶ》といって、警視庁でも有名な腕ききのひとだった。啓吉おじさんから、きのうの話、さらにさかのぼって数年ま

えに、啓吉おじさんが謎の銀貨を手にいれたいきさつをきくと、ひどく興味をもよおしたらしく、

「なるほど。するとその易者は、この男とまちがえて、あなたに銀貨をわたしたんですね」

「それにちがいないと思います。ごらんなさい、そいつの左の手を……、小指が半分なくなっているでしょう」

なるほど、殺された山田進の左手を調べてみると、啓吉おじさんと同じように、小指が半分かけていた。きのう啓吉おじさんをたずねてきたとき、左の手袋だけは、とうとうしまいまでぬがなかったのは、それをかくすためだった。

「なるほど、すると易者のへまから、銀貨を手に入れそこなったこの男は、それ以来、銀貨の行方《ゆくえ》をさがしていたところが、はからずも今月の雑誌で、あなたの話を読んだものだから、ようすをさぐりにきたんですね。そして夜になって、銀貨をぬすみにきたと。……ところで、その銀貨はどうしましたか」

「それがねえ、机の上にほうり出してあったものですから、まんまとこいつにぬすまれて……」

啓吉おじさんが頭をかくと、等々力警部もまゆをひそめて、

「そいつはまずいことをしましたねえ。するとこいつが銀貨をぬすんでにげだすところを、待ちぶせしていたやつが刺し殺して、その銀貨を横どりしてにげたということにな

りますね」

「そうだろうと思います。こいつが、銀貨を持っていないところをみると……」

「ふうん、ところでその暗号ですがね。あなた、それをおぼえていらっしゃいませんか」

「それがねえ」

啓吉おじさんは、またしても頭をかいて、

「なにしろ、やたらに数字をならべてあるだけで、……どうも、よくおぼえておりません」

「ふうん」

等々力警部は、いよいよ不満らしく鼻をならした。

それにしても、不二雄はふしぎでならなかった。啓吉おじさんというひとは、うわべはのんきらしく見えるひとだが、ほんとうは、たいへんきちょうめんな性質なのである。それがどうしてやすやすと、銀貨をぬすまれたり、暗号の数字をわすれたりしたのだろう……。

それはさておき、その日はいったん等々力警部もひきあげ、死体も警視庁にひきとられたが、それから三日ほどしてから、警部がにこにこしながらやってきた。

「わかりましたよ、死体の身元が。……山田進というのはまっかなうそで、あいつは小《こ》宮三郎《みやさぶろう》という前科者なんです。ところで、おもしろいのは、あいつの兄きに小宮譲治《じょうじ》というう、宝石専門のどろぼうがあったんです。こいつ、あだ名を紳士譲治というくらいで、いつも紳士みたいななりをして、上流社会に出入りをしては、宝石を専門にぬすんでいたんです。ところが、この紳士譲治は、昭和十七年の一月につかまって、取り調べちゅうに拘置所で死んでいるんですが、ここにおもしろいのは、紳士譲治がつかまったときは、天運堂春斎《てんうんどうしゅんさい》という、あやしげな名まえの易者のうちに間借りしていたんですよ」

それをきいて、ハタとひざをたたいたのは啓吉おじさん。

「なるほど、わかりました。紳士譲治はつかまるとき、弟の三郎になにかいいたいことがあったが、口ではいえないことなので、暗号に書いて銀貨にかくし、それを天運堂にたのんだんですね」

「そうです、そうです。そのとき天運堂も調べられたが、これはなにも知らずに、譲治にへやをかしていただけだとわかって、許されたんです。そいつが三郎とまちがえて、あなたに銀貨をわたしたんですね。ところで問題はその暗号ですがねえ、譲治はなにを弟に知らせようとしたか。ひょっとするとぬすんだ宝石のかくし場所ではないかと思うんですがねえ」

それをきいて、あっとおどろいたのは不二雄だ。もし、それがほんとうだとすると、啓吉おじさんが暗号の数字をわすれたのは、なんという残念なことであろうか。

等々力警部も、しきりにそれを残念がっていたが、すると、そのあとへやってきたのが由紀子だった。

「先生、きのうはうちでも、ちょっと気味の悪いことがあったんですよ」

と、由紀子はなんとなく、おびえたような顔色だった。

「気味の悪いって、どんなこと？」

「それがねえ、変なひとがやってきて、だしぬけにこんなことをいうんです。こちらさんには、りっぱな洋服だんすがあるということですが、それをゆずってはくれまいか、と、そんなことをいうんです。あたし、あまりだしぬけだから、おことわりしたんですが、そのひとは一時間あまりもねばって、それはしつこいんですのよ。そして、あげくのはてには、あすもう一度くるから、よく考えておいてくれ、というんです。あたし、いまにあのひとがくるかと思うと、気味が悪くて、気味が悪くて……」

由紀子は、いかにも気味悪そうに肩をすぼめたが、それをきいてひどくおどろいたのは啓吉おじさんだった。

「なんですって、洋服だんすをゆずってくれって。……そして、それはいったい、どんな男でした」

「そうですねえ、年齢は六十歳ぐらいでしょうか。なんだかいやに、家のなかをじろじろ見まわして、……ほんとに気味の悪いひとでしたわ」

啓吉おじさんは、しばらくだまって考えていたが、だしぬけにみょうなことをいいだした。

「由紀子さん、ひょっとするとお宅では、いまから八年ほどまえに、宝石かなんか、ぬすまれたことはありませんか」

由紀子はそれをきくと、びっくりしたように目をみはったが、やがていきをはずませると、

「まあ、先生はどうしてそれをご存じなんですの。ええ、ありましたわ。あれは昭和十六年の暮れでした。そのじぶん、おとうさまもたっしゃでしたが、ある晩、大勢のお客さまをご招待して、パーティーをひらいたのです。ところがそのパーティーの席で、おかあさまが身につけていらした、ダイヤ入りのブローチがなくなったんです。お客さまが疑われて、みなさん、身体検査をおうけになりましたが、とうとうブローチは出てきませんでした。そのブローチに、はまっているダイヤというのは、ずいぶん大きな、上等のもので、いまのお値段にすると、どのくらいするかわかりません。あれがいまあったら……と、おかあさまはいつもいっていらっしゃるんです」

由紀子の話をきいているうちに、啓吉おじさんはしだいにこうふんしてくるようすだった。

まばゆいダイヤ

その晩の九時ごろのことだった。由紀子の家の茶の間には、四人の男女がひたいをあつめて、なにやらヒソヒソ話をしていた。四人の男女というのは、由紀子に啓吉おじさん、それから、不二雄に等々力警部である。等々力警部は啓吉おじさんの電話によって、

いそいでかけつけてきたのである。

「由紀子さん、おかあさんは、……？」

「はあ、おかあさまはさっき先生のくだすった、お薬がきいたのか、よくねむっていらっしゃいます」

「それはよかった、今夜、ここでひとそうどう起こるかもしれないから、おかあさんはなるべく、しずかにねむっていてもらいたいのです。警部さん、手錠をもってきてくださいましたか」

「はあ、もってきましたよ。しかし、駒井さん、いったい、今夜、ここで何ごとがもちあがるというんです。わしにはいっこう、わけがわからんが……」

「なに、いまにわかりますよ。ところで由紀子さん、洋服だんすを買いたいというやつは、きょうもやってきましたか」

「はあ、きました。先生のおっしゃったように、かたくおことわりしますと、それではせめて、その洋服だんすを、見せてだけでもくれないかといいますので、それもおことわりしますと、ものすごい顔をして帰っていきました」

啓吉おじさんは、ニヤリと笑って、

「いや、それはよかった。万事オーケーです。警部さん、手錠のほうはしっかりたのみますよ。それから今夜はわざと、どろぼうがはいりやすいように、雨戸をいちまい、あけておいてやりましょう」

それをきくと一同は、いよいよ目をまるくしたが、なかでも警部はふしんそうな顔色で、

「駒井さん、いったい、どうしたというんです。洋服だんすがどうとか、こうとか、それにどろぼうがはいりやすいようにとか。すると今夜、ここへどろぼうがくるというんですか」

「いや、それもいまにわかります。それよりも、そろそろ電気を消そうじゃありませんか。由紀子さん、洋服だんすは洋間でしたね」

「ええ」

「警部さん、電気を消して洋間の張り番をしていましょう」

警部はもとより、不二雄にも、なにがなにやら、さっぱりわけがわからなかったが、それからまもなく、家じゅうの電気を消すと、啓吉おじさんと等々力警部、それから不二雄の三人は、ソッと洋間にしのびこんだ。由紀子はおかあさんのそばにつきそっていることになったのである。

この洋間は十畳ぐらいの広さで、そこにピアノと洋服だんす、さらに椅子テーブルがおいてあるから、身動きもできぬくらいにゴタゴタしているが、そのかわり、かくれ場所はいくらでもある。不二雄はピアノのかげに身をかくした。啓吉おじさんと等々力警部も、それぞれ、ほどよいところを見つけてかくれた。

それからおよそ、どのくらいの時間がたったのか。――くらやみのなかで、ひとを待

つということは、ずいぶんしんぼうがいるものである。不二雄にはそのあいだが、百年も二百年ものながさのように思われた。茶の間の柱時計が十時をうち、十一時をうっても、べつに変わったことは起こらなかった。ひょっとすると、啓吉おじさんの思いちがいではないかしら、……不二雄が、そんなことを考えはじめたときである。

庭のほうで、ガサと木の枝をゆする音。――不二雄がギョッとして、息をのんでいると、ゴトゴトとガラス戸をこじあける音がした。ああ、きた、とうとうきた。やっぱり啓吉おじさんの、予想は当たっていたのである。

やがてガラス戸がひらいたのか、ドアをあけっぱなしにした洋間のなかへ、スーッとつめたい風が吹きこんでくる。

不二雄の心臓はガンガンおどる。つめたい汗がふきだしてくる。

――と、このとき、だれやら黒い影が、すべるように洋間のなかへはいってきた。その男は洋間へはいると、しばらくじっと、あたりのようすをうかがっていたが、やがて懐中電燈を取りだすと、へやのなかをぐるりと見まわす。不二雄は、あやうく懐中電燈の光にさらされそうになって、あわてて床に身をふせた。

やがて、懐中電燈の光は、ピタリと洋服だんすの上に静止する。男はスーッと、音をたてて息をうちへ吸いこんだ。それから忍び足に、洋服だんすの前へちかよると、そこにしゃがんで、右の引き出しをひらいたが、そのときだった。

等々力警部がくらやみから出て、ネコのようにおどりかかったかとみると、「ワッ」

と、のけぞるような男の声、ふたつの影が、しばらく床の上でもみあっていたが、啓吉おじさんがいそいで電気をつけたときには、男の両手にはみごとに手錠がかかっていた。

「駒井さん、駒井さん」

さすがに警部も息をきらして、ひたいの汗をぬぐいながら、

「いったい、こいつは何者です。なにを目あてにしのびこんだんです」

啓吉おじさんは、手錠をかけられた男の顔を、しばらく見つめていたが、やがてにっこり笑うと、

「おい、天運堂くん、ひさしぶりだね。きみはぼくを見わすれたのかい。ぼくはほら、いつかきみに小宮三郎とまちがえられて、五十銭銀貨をわたされた男だよ」

手錠をはめられた男は、あっと大きく目をみはったが、それをきくと等々力警部もおどろいて、

「おお、それじゃ、これが天運堂春斎という易者ですか」

「そうです。そして、小宮三郎を殺したのもこいつです。そのしょうこには警部さん、そいつのポケットをさぐってごらんなさい。きっと、五十銭銀貨が出てきますよ」

警部が天運堂のポケットをさぐってみると、はたして五十銭銀貨が出てきた。

そこへ騒ぎをききつけて、由紀子がまっさおな顔をしてかけつけてきたが、啓吉おじさんはその顔をみると、にっこり笑って、

「由紀子さん、よろこびなさい。八年まえにぬすまれた、おかあさんのダイヤは、まだ

この家にありますよ」

といいながら、ポケットから取りだしたのは、なんと、これがまた五十銭銀貨ではないか。不二雄はあっとおどろいて、

「おじさん、おじさん、その銀貨はどうしたの」

「不二雄、おじさんがほんものの銀貨を、ぬすまれるほどの、ぼんやりだと思っていたのかい。このあいだどろぼうのぬすんでいったやつは、おじさんが用意しておいたにせもので、ここにあるのがほんものだよ」

と、啓吉おじさんは銀貨をひらくと、なかから取りだしたのが暗号の紙、

「不二雄、よくおぼえておいで。これは暗号としては、いちばんやさしいものだよ。おじさんはとうの昔にこれを解いていたのだ。これはね、アイウエオを利用した暗号だよ。3.2とある数字のまえのやつは、アカサタナの行を示し、あとの数字はアイウエオの段を示しているんだ。不二雄、五十音をそこへ書いてごらん。そして右から左へ、上から下へと、一、二、三、と番号をつけるんだ。さあ、できたら調べてみよう、三行めの二段は?」

「三行めはサ行ですから、二段めの字はシです」

「そうだ、そうだ。そのとおりやって、その暗号を解いてごらん」

不二雄はおもしろがって、一生けんめいにやりはじめたが、諸君もまけずに、やってみてほしい。

「おじさん、解けたよ。解けたよ、しかし、これじゃ意味がわからないや」

「なんと解けた？」

「シアノキミノノアヒハヤイタ……」

「アッハッハ、それじゃわからないね。ではね、暗号の数字に、点がふたつついた字にはにごりをうち、丸のついた字は丸をつけ、下からぎゃくに読んでごらん」

いわれたとおりにやってみると、

『ダイヤハピアノノミギノアシ、――ダイヤはピアノの右の足――あっ、おじさん、ダイヤはピアノの右の足にかくしてあるんだ』

不二雄はそう叫ぶと、そこにあったピアノにとびつき、右足に彫ってある唐草《からくさ》もようをいじくっていたが、するとどうだろう。唐草もようのひとつがクルクル動いて、やがてポッカリはずれると、なかから出てきたのは、なんとダイヤモンドをちりばめた、世にも、りっぱなブローチではないか。由紀子はそれを見ると、感きわまって、思わず泣きだしたのである。

紳士譲治はブローチをうばったものの、身体検査をされることをおそれて、ピアノのなかにかくしたのである。そして、後日ぬすみにくるつもりのところ、つかまりそうになったので、ダイヤのありかを暗号にして、弟の三郎にわたそうとしたのが、あやまって、啓吉おじさんの手にはいったのである。

啓吉おじさんは、その暗号をすぐに解いたものの、ピアノとだけで、どこのピアノかがわからないので、どうすることもできなかった。そうして、八年という月日がたったが、このあいだ雑誌社から、マスコットのことをききにきたので、ふと思いついてその話をした。そして、ひょっとすると、だれか心あたりのあるひとが、あれを読んでたずねて来やしないかと、待っているところへ、やってきたのが小宮三郎。啓吉おじさんはそのようすから、てっきりその晩にぬすみに来ると思ったから、わざとにせものを机の上にほうり出しておいたのである。

「だけど、おじさん、にせもののほうの暗号には、なんと書いておいたの」

「ダイヤは洋服だんすの右の引き出しの奥の穴にあり。……と、ピアノのあるくらいの家なら、洋服だんすもあるだろうと思ったんだよ。アッハッハ、しかし、由紀子さん、世の中って広いようで、せまいもんですね。八年間、ぼくのさがしていたピアノが、すぐ目と鼻の先にあるなんて……」

「先生、ありがとうございました」

由紀子は心からそう礼をのべると、ていねいにおじぎをしたのであった。

花びらの秘密

恐ろしい幻燈

真夜中ごろ、美絵子《みえこ》は、ふとベッドのなかで目をさました。ガターンと何かのたおれる音。

「まあ、何の音だろう。夢だったのかしら」

そのとき、またもやガターンと物のぶつかる音──美絵子はハッとしてベッドの上に起きなおった。

こんどこそ夢ではない。まさしくきいたのである。しかも、その物音は隣室からきこえてくるのだ。どろぼう？──美絵子は恐怖のあまり、全身の血が一時にサッとこおる思い。

だれか来てくれればいい。おお、そうだ。だれかを呼ぼう。──美絵子はベルの方へ手をのばしかけたが、ふいにギョッとしたように、その手をひっこめてしまった。

へやのなかが、みょうに明るいと思ったら、カーテンでしきってある隣室から、一すじの白い光が一文字にへやの中央をよこぎって、むこうの壁に、何やらえたいの知れない四角い映像を作っているのである。しかもその光のなかには、虫のような黒いはんん点がおどっているのだが、よくよく見ると、それが恐ろしい文字であることがわかった。

動くな、さわぐな、さわぐといのちがないぞ

美絵子はギョッとして、頭からスッポリと毛布をかぶってしまった。心臓が早がねのようにドキドキとうっている。体中にビッショリと滝《たき》のような汗。

しばらくして美絵子はまた、ソッと毛布から頭を出して壁の上を見ると、あいかわらずあの不気味な幻燈がうつっている。――たぶん、すりガラスの上に筆で書いたのであろう。ミミズみたいに頭もしっぽもない棒のような字である。

そのうち美絵子はふと、すみのほうに黒い指のあとがついているのを発見した。

たぶん、すりガラスの上にあの字をかくとき、うっかりスミでよごれた指でおさえたのを、小さい原板のことだから、気がつかずにいたのにちがいない。それがいまこうして壁の上に拡大されると、まるでひとの頭ほどもある大きさとなって、指のあとがハッキリと浮きだしているのである。

親指であろう。コブラ（毒蛇の名）の頭のように先にひらいた、みょうなかっこうの指で、指紋のうずが地図の山脈のように、ウネウネしている。おまけにその指紋を横切って、ななめにガンがとんでいるような傷があるのまでハッキリ見えるのだ。

「このどろぼう、親指にけがをしているのね」

そのとき、ふいにフッと幻燈が消えたと思うと、バターンと窓のしまる音、それから

足早に立ちさって行く足音。——どろぼうが帰ったのだと気がつくと、いつのまにやら、あかつきのほの白い光が窓のすきまからさし込んで、近くを走るトラックのひびき。美絵子はホッとしてベッドから起きあがると、カーテンのすきまからこわごわのぞいて見たが、そのとたん、キツネにつままれたような気がした。あれだけそうぞうしい物音をさせたのだから、さぞやあらされていることだろうと思ったへやのなかが、意外にきちんと整とんされていたからである。

青めがねの先生

「美絵子、おまえ、おおかた夢でも見たのだろう」

おじいさんはニヤニヤ笑っていて、美絵子がどんなに口をとがらせて主張しても、とりあってくれないのである。

美絵子のおじいさんは、日露戦争にも出た有名な老将軍であるから、どろぼうなど、はじめから問題にしないのだ。

「夢じゃないわよ。おじいさま、ほんとうよ」

と、美絵子がどんなにいいはっても、しょうこがないのだ。

美絵子はいまいましくてしようがない。とにかく、警察へとどけておきましょうといっても、ささいなことに空《から》さわぎするのが大きらいな老将軍は、笑ってとりあわないのだ。

美絵子には、おとうさんもおかあさんもなかった。

去年までは藤倉博士といって、防衛庁につとめていた、有名な学者のおじさんがあったのだが、これまた自動車の事故のために、思わぬ最期《さいご》をとげてしまった。

美絵子は何となく、不安でしょうがなかったが、さてその晩のこと、美絵子が特別に教えてもらっている婦人家庭教師の青木先生がいつものようにやってきた。

青木先生は十日ほどまえから、この家へくることになった先生で、それまで美絵子のついていた先生がきゅうに病気になったので、かわりにといってよこされた先生である。

まだ若い色の白いひとだが、いつも青めがねをかけ、のどに包帯をしているので、なんとなく病身らしい感じのする女の人だ。

美絵子は、勉強がすむと、ふと昨夜のどろぼうのことを先生に話した。すると先生はとてもびっくりしたようすで、

「まあ、どろぼうがはいったのですって？　そして何かなくなったものがありましたか」

「いいえ、それが何もありませんの。だからわたし、いっそう気味が悪いんですよ」

先生はそれをきくと、いよいよおどろいて、

「それで、そのことを警察へおとどけになりまして？」

「いいえ、おじいさまったら、わたしが夢でも見たのだろうって、おとりあげにならないんですもの」

美絵子が不平そうにいうのをきくと、先生はなぜかホッとしたようすだったが、きゅうに顔をしかめると、いかにも苦しげに、

「アッいた、アッいたッ、た」

とうなりだしたから、こんどは美絵子のほうがびっくりした。

「まあ、先生、どうかなさいましたの？」

「なんだか、きゅうにおなかがいたくなって。……美絵子さん、たいへん失礼ですけれど、どこかちょっと横にならせていただけません？」

「ええ、どうぞ。なんでしたら今夜はもうおそいのですから、泊まっていらっしゃいましな」

「ああ、そうしていただければ、ありがたいですわ」

というようなことから、その晩は青木先生が泊まってゆくことになったのだが、なんともあやしいのはこの青めがねの家庭教師である。どろぼうがはいったときいて、あんなにびっくりしたり、そうかと思うと、きゅうにおなかがいたくなったり、いちいち合点《がてん》のゆかぬことばかり。

美絵子はしかし、そんなことはすこしも気がつかず、先生を客間へねかすと、じぶんはいつものベッドへもぐりこんだが、真夜中ごろになって、今夜もまた、ふと目をさました。

隣室のほうでまたも、みょうな音がきこえるのである。

美絵子はハッとして壁のほうを見たが、今夜はあの幻燈がうつっていない。まくらもとの電気スタンドをソッとつけると、そのひょうしに一枚の紙片が目についた。

動くな、さわぐな、さわぐといのちがないぞ

昨夜と同じ文句である。

美絵子はギョッとしたが、今夜は恐ろしさよりも、くやしさのほうがいっぱいだった。あたりを見まわすとふと目についたのは、おじいさんの愛用のパイプである。とっさのきてんで、美絵子はそれをピストルのように構えると、いきなりカーテンをひらいて、

「静かにおし。動くとうつよ！」

といいながらパチッとスイッチをひねって、電気をつけた。

悪魔の妖術

いや、どろぼうのおどろいたこと！

ハトが豆鉄砲をくったような、という形容は、おおかたこういう場合に使うのであろう。ピアノの前につっ立ったまま、両手をあげて目をパチクリさせている。

ふく面をしているのでよくはわからないが、小がらの、まだ若そうな男だ。ふしぎな

ことには、短かいパンツにシャツを着ているだけで、もじゃもじゃと毛ののびた頭には、帽子もかぶっていないのである。

「昨夜はいったのはおまえでしょう。ずいぶんずうずうしいどろぼうね。今おじいさまを呼ぶから静かにしてらっしゃい。動くとうつよ！」

どろぼうはチラとピストルのほうへ目をやったが、きゅうにその目をかがやかした。美絵子の持っているピストルの正体を見やぶったのである。

ピストルがパイプとわかってみれば、もう何も恐れることはないのだ。どろぼうはいきなり、美絵子のからだをつきとばすと、ひらいていたドアのすきまから、ろうかへいちもくさん。しまった！　と思った美絵子は、大いそぎでベルを押しておいて、これまたどろぼうのあとを追って、やみのろうかへおどり出した。

ところが、このときどろぼうは、たいへんみょうなことをやったのである。外へ逃げるつもりなら、ろうかを左へ行くべきはずなのに、反対に右のほうへ逃げ出したのだ。そちらにはおじいさんのへやもあれば、ばあややお手伝いさんたちもいる。ろうかを曲がれば、客用の日本間があって、そこには家庭教師の青木先生が泊まっているのだ。

どろぼうのすがたは、いまその客間のほうへ消えた。

「どろぼうよ、どろぼうよ。みんな起きてちょうだい」

美絵子の声に、まず第一に飛び出してきたのは老将軍。それにつづいてお手伝いさんたちも、ねまきのままでふるえながら、バラバラと廊下のすみにあつまった。

「美絵子や、どうしたのだい、いったい」

「おじいさま、どろぼうよ。いまそこのろうかを曲がって客間のほうへにげたのよ」

「よし、わしがつかまえてやる」

そこで老将軍を先頭に立てて調べてみたが、どろぼうの影も形も見えないのだ。

「まあ、どうしたのかしら。おかしいわね」

美絵子が、ふしぎそうに首をかしげているとき、青めがねをかけた青木先生が、オドオドと帯をしめながら客間からあらわれた。

「まあ、どうしたのでございますの」

「先生、またどろぼうがはいりましたの。こちらへまいりませんでしたか」

「さあ、わたし、よくねていたものですから」

先生はどろぼうときいて、きゅうにガタガタふるえ出した。それから、みんなして家のなかを調べてみたが、どろぼうのすがたはどこにも見あたらない。第一、どろぼうがはいったようなあとすら見えないのだ。

まるで悪魔のような妖術である。

美絵子はいまいましくなって、プリプリしながら、さっきのへやに帰ってきたが、きゅうに大きな声でおじいさんを呼ぶと、

「ほうらごらんなさい。おじいさま、夢でなかったしょうこにどろぼうがこんなものを落としてゆきましたわ」

と、そういいながらひろいあげたのは、きみょうな真鍮《しんちゅう》の板だった。長さ五センチ、

幅五ミリぐらいの、ちょうどキクの花びらのようなかっこうをした金属板で、その上に、

R《アール》—8, L《エル》—15

と彫りつけてある。

老将軍はそれを見ているうちに、今までのおだやかな顔色はどこへやら、サッと顔色をかえたが、夜が明けるのを待ちかねて、電話をかけたのは、宇津木俊策《うつぎしゅんさく》探偵事務所である。

宇津木探偵というのは、ちかごろひょうばんの高い名探偵で、老将軍は今まで二、三度事件をたのんで、その手腕をよく知っている。

電話をかけると、いまちょっと手をはなせない用件があるが、信頼のできる部下を、さっそくよこそうという返事。

待つ間もなく、緑川三平《みどりかわさんぺい》となのる探偵が、宇津木探偵事務所からだといってやってきた。

老将軍はひととおり昨夜からのいきさつを話して、やがておもむろにとり出したのは、例の真鍮の花びらである。

「実はこれを見て思い出したのだが、きみもおおかた知っているだろう。昨年、自動車

事故で死んだ藤倉博士。――あれはじつはわしの次男なんだがね」

「ああ、藤倉博士といいますと、あのロケット機PX号事件の――」

と、緑川探偵はピクッとからだをふるわした。

そばできいていた美絵子も思わずハッときんちょうする。ああ、去年なくなったおじさんと、このきみょうなどろぼう事件とのあいだに、いったいどんな関係があるのだろう。

ロケットPX号

美絵子のおじさんの藤倉博士は、防衛庁につとめていた有名な設計技師だったが、なくなるすこしまえに、非常に優秀な性能をもつロケット機の設計を完成し、それをPX号と命名した。

ところが、そこへ起こったのが、あの不幸な自動車の事故だ。博士の死後、政府の手によって博士の研究室は、くまなく捜索されたが、博士が完成したと信じられる設計図はどこからも発見されなかった。その結果、ひょっとすると博士は、欲に目がくらんで、その貴重な発明を、外国のスパイに売り渡したのではないかというような、いまわしいひょうばんさえたつにいたった。

「わしのせがれにかぎって、断じてそんなふらちなことのあろうはずがない。わしはあくまでもあれの潔白を信じるが、設計図の紛失したことも事実なのじゃ。ところでこの真鍮の花びらだが……」

と、老将軍は太いひげをふるわせながら、

「せがれが死んだときに、あれがやっぱりこれと同じような真鍮の花びらを、さいふのなかに入れていたことを思いだしたのだ。そのときには、みょうなものを持っていると、別にたいして気にもとめなかったが、昨夜はいったどろぼうが同じようなものを持っているところをみると、これには何か、よういならぬ秘密があるらしい。きみの力でそれを解決してもらいたいのだが、どうじゃろう」

「なるほど、よくわかりました」

緑川探偵はなぜか、ギロリとするどい目を光らせ、じっとその真鍮の花びらを見ていたが、きゅうにからだを前にのりだすと、

「このPX号事件については、われわれも政府の命令によって、ないない調査をしているのですが、今までのところ、つぎのような事実がわかっているのです」

そして、緑川探偵がおもむろに語りだしたところによると、

「藤倉博士がPX号を完成したと知るや、世界じゅうからスパイがはいりこんだのですが、そのなかで一ばんめぼしいやつは、マドロス次郎という混血児と、蛭峰《ひるみね》ドクトルと名のるこのふたりです。

このふたりはともに日本人でありながら、金のために、S国ならびにT国の手先とな

って働いているふらちなやつで、博士の手から設計図をうばおうと猛烈に競争していたのです。

そこまではわかっているが、さてそれから先がわからない。はたしてかれらのうちのどちらかが、まんまと設計図を手に入れたかどうか不明なんです。が、わたしの考えでは、たぶんまだ手に入れていないと思う。それならば、設計図はどこにあるかというと、今あなたのお話をきいているうちに、ふと考えついたのですが、博士はおそらくこういう悪人が、ひそかにねらっていることを知って秘密のかくし場所へ、その設計図をかくしておかれたのではないでしょうか。むろんそのうちには誰か信頼のおける人間に、その場所を話すつもりでおられたでしょうが、そこへあの思いがけない不幸が起こって、博士は無言のまま死んでしまわれた。

だから問題の設計図はいまだに、その秘密のかくし場所にあるとみるのが当然であり、この真鍮の花びらは、それをひらくかぎだと思うのですが、いかがでしょう」

さすがは、名探偵である。その説明はいちいちすじ道が立っていて、まったくケチのつけようもない。

「なるほど、そうするとこのへやのなかに、そのかくし場所があることになるな」

「そうです。博士の死後、何かここへ持ってこられたものはありませんか」

「あっ、そうだわ」

美絵子は思わず叫び声をあげた。

「このピアノがそうなのよ。おじさまはとてもピアノがおすきで、それはそれはこのピアノを大切にしておられたの。だからわたしこれをかたみにいただいて、おじさまと思って大切にしているのですわ」

「それだ！」

緑川探偵は、おどりあがって、

「設計図は、きっとこのピアノのなかにちがいない。が、ちょっとまってください。そのまえに昨夜のどろぼうのほうを解決しようじゃありませんか」

家庭教師の青木先生は、オドオドとへやのなかを見まわしながら、

「何かご用でございますか」

「ああ、あなたが青木先生ですか」

緑川探偵はニヤニヤ笑いながら、

「ときにきみは、いつ青木なんて改名したんだね」

「え？　なんでございますって？」

「いやさ、きみはいつのまに男から女に生まれかわったのだね」

というやいなや、緑川探偵の腕がサルのようにのびたかと思うと、こは意外、青木先生の頭の髪がスッポリぬけて、そこにあらわれたのはもじゃもじゃの地頭《じあたま》。意外や意外、いままで女だとばかり思っていた家庭教師は男だったのだ。

緑川探偵はにげようとする青木先生――ではなかった、あやしい男の腕をとらえると、

やにわに腰投げ一番、みごとにきまって、相手がもんどりうってたおれるところをおさえつけて、すばやくその両腕をしばりあげた。

意外や意外

美絵子はまだおどろきがとまらない。さすがなにごとにもおどろかない老将軍も目をパチクリさせている。探偵はふたりの顔を見くらべながら、とくいそうに、

「これが、先にいったマドロス次郎という外国のスパイですよ。混血児でしてね、女にばけるのがこいつの十八番《おはこ》なんです」

「まあ、それじゃ幻燈でわたしをおどかしたのも、やっぱりこのひとだったのかしら」

美絵子はまるで夢ごこちである。

「いや、それはおそらくこの男ではありますまい。わたしの思うのに、一晩じゅう幻燈でお嬢さんをおどかしたのは蛭峰ドクトルのほうであろうと思う。

次郎のほうは、家庭教師にばけてはいりこんだものの、機会がなくてグズグズしているうちに、競争者の蛭峰ドクトルがしのびこんだ。

それをきいたものだから、このマドロス次郎のやつ、これはもう一刻もゆうよしていられぬとばかり、け病をつかってとまりこみ、真夜中にそっと、このへやへしのびこんだのですよ。

どうだい次郎公、そうじゃないかね」

次郎はかんねんしたものか、無言のままうなずく。

「さあ、それで一つのほうはかたづいたが、あとは問題の設計図です。おとといの夜しのびこんだ蛭峰ドクトルが発見していないとしたら、設計図はまだこのピアノのなかにあるはずですよ」

「だって、その蛭峰ドクトルとやらが、あのとき持っていってしまったのじゃないでしょうか」

「いや、わたしはそうは思いませんね。お嬢さんの話によると、蛭峰のやつ、大さわぎして、へやじゅうをひっかきまわしていたそうじゃありませんか。それでみると、彼はこの真鍮の花びらを持っていなかったもので、でたらめにそこらじゅうを、こずきまわしていたにちがいありませんよ。

そんなことで藤倉博士のようなえらい方が、一生けんめいに作りあげたかくし場所が、ひらくはずがありませんからね。とにかく、いちおう調べてみましょう」

緑川探偵はさかんにピアノの上をなでまわしている。老将軍と美絵子は、そのようすを不安そうに見まもっていたが、そのうちに美絵子は何を発見したのか、ハッと顔色をかえ、いまにもたおれそうになった。老将軍はおどろいて、

「おや、美絵子、おまえどうしたのだね」

「なんだかきゅうに気分が悪くなって……」

「それはいけない。昨夜よくねなかったせいだろう。むこうに行って横になっておいで」

「ええ、そうしますわ」

と美絵子はすなおに出て行ったが、しばらくすると、ニコニコしながらもどって来た。

「おや、もう気分はなおったのかい」

「ええ、外へ出て新鮮な空気をすったら、すぐになおりましたの。ときにおじいさま、まだ秘密のかくし場所は見つかりません？」

「お嬢さん、いますぐですよ」

探偵はなおもピアノを念入りに調べていたが、ふいにうれしそうな声をあげた。

「あった、あった、藤倉さん、ここをごらんください」

探偵の指さすところを見れば、ピアノの背にキクの花の彫刻がしてあって、しかもその花びらの一つに、例の真鍮の花びらをはめてみると、ピッタリ合うのだ。

「これがかぎです。ところがこの花びらに、R―8、L―15とあるでしょう。このRは英語のRightで、すなわち右、LはLeftで、すなわち左です。だから右へ八回、左へ十五回まわせという意味だろうと思います」

そういいながら、緑川探偵がそのとおりまわすと、ふいにガターンと音がして、かくしドアがひらいたかと思うと、スルスルと引き出しがすべり出した。

「あった、あった。確かに設計図だ！」

「えっ、あったかね」

と、老将軍が思わず手を出そうとするのを、はらいのけた緑川探偵、

「いや、これは国の大秘密ですから、藤倉さんといえども見ることはゆるされません。わたしがこれから、政府の機密局へとどけてきましょう」

と、設計図をポケットにねじこむと、いそいでろうかのドアをひらいたが、そのとたん、緑川探偵はギョッとしてそこに立ちすくんでしまったのである。

意外や意外、ドアの外にはふたりの警官を左右にしたがえた大男が、ピストルを片手に仁王立ちにつっ立っているではないか。老将軍はあっとばかりおどろいて、

「やあ、きみは宇津木探偵じゃないか。これはいったいどうしたのだ。そこにいる緑川探偵というのは、きみの部下じゃないのかい？」

宇津木探偵はニッコリ笑うと、

「お嬢さん、お電話ありがとうございました。すんでのことでこのスパイに大事な設計図をうばわれるところでしたよ。

おい、蛭峰ドクトル。こんどこそすべておわりだ。しんみょうにするがいい」

緑川探偵――ではなかった。蛭峰ドクトルは、きゅうにガラリと調子をかえると、

「こいつはいけねえ。せっかく、うまうま探偵にばけこんで、まんまと設計図をぬすみとったと思ったのに、とんだところへ宇津木俊策め！　せっかくの仕事をだいなしにしやがった！」

「フフフ、ツベコベいわずに、さっさとその設計図をこちらへわたしたがよかろう」

「しょうがねえ、ほら、わたすよ」

設計図を受けとった宇津木探偵、それを老将軍のほうへさし出して、

「藤倉さん、これはあなたの手から政府のほうへおおさめになって、藤倉博士の不名誉な疑いをおはらしになったがよかろうと思います」

老将軍はあまりのことに目をパチクリさせている。むりもない。たった今まで探偵だと思っていたのが、これまた設計図をねらうスパイであろうとは!

「宇津木さん、こうなりゃ神妙にしますよ。しかし、一言ききたいことがあるんですがね。わしが探偵にばけてここにいるということが、どうしておまえさんにわかったのです?」

「それはね、お嬢さんがさきほど電話で知らせてくだすったのだ。しかしお嬢さんがどうしておまえの正体を見やぶられたのか、それはわたしもいま、おうかがいしたいと思っていたところだ」

「え、美絵子が……」

老将軍は目をまるくして、

「美絵子や、おまえ、どうしてそんなことがわかったのだね」

「何でもありませんの。おじいさま、これなのよ」

と、美絵子がポッとほおをそめながら指さしたのは、黒くつやつやと光っているピアノのふたである。

「ほら、ここに指のあとがいっぱいついているでしょう。コブラの頭のようなかっこうをして、しかもガンが飛んでいるような傷のあとまで見えますわね。わたしこれを見たときハッとしたの。

どうしてこの指のあとが、こんなところにあるかと思って、よくよく注意していると、これが探偵さんの指のあとではありませんか。あのときのまあ、わたしのおどろいたこと！

だって一昨夜、どろぼうのうつした幻燈の上に、これとおなじ指のあとをハッキリ見たんですもの。だからこのひと、探偵とはまっかなうそ、おとといの夜しのびこんだ、どろぼうにちがいないと思ったものだから、大いそぎで宇津木さんのところへお電話をかけたのですわ」

それをきいたときの、老将軍のよろこびはどんなだったろう。

むりもない。このおさない少女の沈着と、冷静な観察のおかげで、重大な国の秘密がすくわれ、藤倉博士にかかる、いまわしい疑いもはらすことができたのだから。

美絵子はまもなく政府からあつい感謝のことばをおくられ、マドロス次郎と、蛭峰ドクトルのふたりのスパイは、ともに刑務所へ送られた。一石二鳥とは、まったくこのことだろう。

解説

山村正夫

シャーロック・ホームズが活躍するコナン・ドイルの長編に「バスカーヴィル家の犬」というのがある。

世界的に有名な名作だが、その中に伝説にもとづく呪いの妖犬が出てくるのだ。それが全身からボーッと青白い光を放《はな》ち、ひらいた口からは火をはき、目も炭火のように燃えた、地獄の犬なのである。

そんなぶきみな犬が、もしも東京にあらわれたとしたらどうだろう。いや犬よりも、青白いりんい光につつまれた人間が夜の世界に出現したとしたら、どんなにか気味が悪いことだろうか。

横溝正史先生が書かれた「夜光怪人」には、そうしたまがまがしい怪人が、悪の主役として登場する。つばの広い帽子をかぶり、ダブダブのマントを着ているのだが、その帽子やマントがホタル火のようなぼんやりとした光を放っているのだ。しかも帽子の下からは、能面のようにつめたくすんだ無表情な顔がのぞいているというのだから、その姿を想像しただけでゾッと寒けをおぼえずにはいられないのに違いない。

この夜光怪人は犬を一匹連れているのだが、その犬がやはり全身から怪しい光を放ち、クワッとひらいた狼のような口からは、うずまくようなほのおを吐き、恐ろしい二つの目は、まるでリンのようにかがやいているのである。まさしくバスカーヴィル家の妖犬と同じといっていい。

夜光怪人が本書の物語の中で、最初に世間をさわがせたのは、春まだ寒い二月ごろのことだった。隅田川をこぎのぼるだるま船の船頭が目撃したのがはじまりで、それ以来、あちらでもこちらでも、その姿を見たというものが出てくるようになったのだ。

そうしたおどろおどろしい前置きがあったあと、いよいよ本書の主人公である御子柴《みこしば》進《すすむ》少年が登場する。上野公園で妖犬に追われる少女を救ったのがきっかけで夜光怪人に出会い、事件の幕がひらくのである。

横溝先生のジュニア物には、この御子柴進少年と新日報社の敏腕記者三津木俊助のコンビをあつかったものが多い。本書もそうだが、ここでは年が十五歳。中学三年生で柔道三段、陸上競技では棒高とびの選手という風に紹介されている。

だが、読者のため進についていま少しPRをすると、進はいくつかの怪事件に少年とは思われぬ大手柄をたてたのが縁で、中学を卒業後、新日報社へ入社し、給仕として働くようになるのだ。そして社内で〝探偵小僧〟のニックネームをつけられ、三津木俊助の助手としてますます腕をふるうようになるのである。

おそらく、入社のきっかけとなった手柄の一つに、この夜光怪人の事件もあったのではないだろうか。

それはさておき、進と三津木俊助は最初から一方的に、夜光怪人に対して勝利をおさめたわけではなかった。真珠王小田切準造が銀座デパートの貿易促進展覧会に出品した、「人魚の涙」と呼ばれる首かざりはまんまとぬすまれてしまうし、新日報社主催の防犯展覧会の会場では、殺人までされてしまった。

そればかりではない。古宮《ふるみや》元伯爵のお城御殿でもよおされた仮装舞踏会では、一人娘の珠子《たまこ》をさらわれてしまったのだから、かえすがえすもの黒星つづきだった。小田切準造のやとった私立探偵黒木と三人で厳重な警戒にあたっていながら、銀座デパートのときと同様、まんまとしてやられてしまったのである。

それにしても、身がわりを何人も用意して、かれら三人にいっぱい食わせた夜光怪人の悪知恵にたけたトリックには、読者も舌を巻かずにはいられなかったことだろう。物語の前半は、夜光怪人に立ち向う、そのような三津木俊助たちの悪戦苦闘ぶりがスリルに富んでいて、読者をやきもきさせずにはおかない。

では夜光怪人の悪事の目的は、「人魚の涙」をぬすんだり、珠子をさらうことだけにあったのだろうか。

三津木俊助と進は、古宮元伯爵から意外な秘密を打ち明けられる。それによると、夜光怪人の正体は大江蘭堂という悪者で、かれがねらっているのは、八幡船の大頭目龍神長太夫がひそかに隠した、ばく大な財宝にあるというのだ。

その財宝については、考古学者の一柳博士がひそかに研究をしたあげく、ついに大宝庫を発見したが、夜光怪人は博士を拷問にあわせて記憶喪失にさせた上、息子の龍夫までどこかに監禁してしまったのである。

進が上野公園で妖犬の危機から救ったのが龍夫の姉の藤子で、彼女は珠子の付人として古宮家に厄介になっていたのだった。だが、その藤子は夜光怪人と戦うという書き置きを残して、古宮家を飛び出したまま行方が知れない。

こうして、物語の後半は海賊龍神長太夫の財宝探しが興味の焦点となる。そして登場するのが、名探偵金田一耕助だった。

横溝先生の作品には、三津木俊助をバック・アップする名探偵として、由利（麟《りん》太《た》郎《ろう》）先生の出てくるものがかなりあるが、本書では金田一耕助が三津木の後だてとして力を貸し、財宝探しに乗り出すのである。

その財宝のありかを示す地図を、一柳博士は龍夫の背中にいれずみのかくし彫りにしておいた。そのかくし彫りは、特殊な薬を注射しなければあらわれない。藤子は弟を救いたい一心で、その薬を上野公園の地下にある夜光怪人のアジトへ持参する。夜光怪人の方が金田一耕助や三津木俊助に先んじて、財宝の隠し場所の地図をカメラにおさめてしまったのだった。

だが、用心深い一柳博士は、財宝を隠した島の位置は別な地図に書いて、吉祥天女の像の中に隠しておいた。それを見つけた金田一耕助らは、瀬戸内海の龍神島へ向うのである。

ここで読者は、面白いことに気づいたに違いない。それは、龍神島へ渡るのに、獄門島を経由しなければ行けないという事実だ。

「獄門島」といえば横溝先生の戦後の代表的な名作だから、すでに読まれた方もおおぜいいると思うが、そこに出てきたなつかしい人名が、本書にも使われているのである。網元の鬼頭儀兵衛や駐在所の清水巡査の名前を見て、読者はおやっと目を見はったのではないだろうか。そうした点も、本書の楽しさの一つといっていい。

夜光怪人と金田一耕助たちの対決は、このようにしてはなばなしい大づめを迎える。龍神島を占領した海賊一味と夜光怪人のグループの、激しい銃撃戦がクライマックスの見せ場だが、洞穴内のおびただしい財宝を前にして、海賊の首領との相撃ちで死んだ夜光怪人の正体には、誰しも声をのまずにはいられなかったことだろう。大江蘭堂もまた、夜光怪人の変装の一つに過ぎなかった。

そのあっという意外性が、本書の結末のハイライトなのである。

「謎の五十銭銀貨」は、いわゆる暗号ミステリーに属する短編だ。

五十銭銀貨といっても、近ごろのヤングは、おそらく見たこともないのではないだろうか。ひと昔前に通用した古い貨へいだから、古銭をあつかっている古道具屋かコレクターのところへでも行かなければ見ることはできない。

本編の主人公である小説家の駒井啓吉は、昭和十六、七年ごろ易者から釣銭としてもらったのを、マスコットとして大事に持っていたのである。それというのは、銀貨をねじると表と裏がはずれ、うつろになった中に暗号を書いた紙きれが入っていたからだった。

その話を「私のマスコット」として雑誌にのせたところ、啓吉の家に賊が入って銀貨がねらわれるのだが、ねらわれた理由はほかでもなかった。紙きれの暗号が、紳士譲治という怪盗のぬすんだ宝石の、かくし場所を示していたせいなのだ。

その謎解きとそれを逆に利用して、賊をワナにかける啓吉の機智に本編の面白さがある。読者も啓吉に負けずに暗号を解いてみると一興かもしれない。

「花びらの秘密」にも暗号が出てくる。

美絵子の家には、幻燈のおどし文句でかの女を釘づけにした奇妙などろぼうが、二晩つづけて押し入ったが、そのどろぼうが落していったのが、キクの花びらのような形をした真鍮《しんちゅう》の板で、それに数字を使った暗号が彫りつけてあった。

その真鍮の花びらと同じものを持っていたのが、交通事故でなくなった美絵子のおじの藤倉博士だ。博士は優秀な性能のロケット機PX号の設計を完成していたが、死後設計図がどこからも発見されなかった。どろぼうはS国とT国のスパイだったのである。

美絵子の祖父がたのんだ私立探偵が、かれらの一人の意外な正体を明らかにするが、そのきっかけをつくったのは美絵子のするどい観察力で、幻燈にうつし出された犯人の指紋が、手がかりとして巧みに使われている。
本編は横溝先生の作品には珍しい、スパイ・ミステリーの短編といい得るだろう。

本書は、昭和五十三年十二月に小社より刊行した文庫を改版したものです。なお本文中には、こじきなど今日の人権擁護の見地に照らして使うべきではない語句や、容姿に対して不適切と思われる表現があります。しかしながら、作品全体として差別を助長する意図はなく、執筆当時の時代背景や社会世相、また著者が故人であることを考慮の上、最低限の改変にとどめました。

（編集部）

夜光怪人《やこうかいじん》

横溝正史《よこみぞせいし》

昭和53年 12月25日　初版発行
令和４年 10月25日　改版初版発行

発行者●堀内大示

発行●株式会社KADOKAWA
〒102-8177　東京都千代田区富士見2-13-3
電話　0570-002-301（ナビダイヤル）

角川文庫 23369

印刷所●株式会社暁印刷
製本所●本間製本株式会社

表紙画●和田三造

●お問い合わせ
https://www.kadokawa.co.jp/（「お問い合わせ」へお進みください）
※内容によっては、お答えできない場合があります。
※サポートは日本国内のみとさせていただきます。
※Japanese text only

ISBN 978-4-04-112914-2　C0193

角川文庫発刊に際して

角川源義

第二次世界大戦の敗北は、軍事力の敗北であった以上に、私たちの若い文化力の敗退であった。私たちの文化が戦争に対して如何に無力であり、単なるあだ花に過ぎなかったかを、私たちは身を以て体験し痛感した。西洋近代文化の摂取にとって、明治以後八十年の歳月は決して短かすぎたとは言えない。にもかかわらず、近代文化の伝統を確立し、自由な批判と柔軟な良識に富む文化層として自らを形成することに私たちは失敗して来た。そしてこれは、各層への文化の普及滲透を任務とする出版人の責任でもあった。

一九四五年以来、私たちは再び振出しに戻り、第一歩から踏み出すことを余儀なくされた。これは大きな不幸ではあるが、反面、これまでの混沌・未熟・歪曲の中にあった我が国の文化に秩序と確たる基礎を齎らすためには絶好の機会でもある。角川書店は、このような祖国の文化的危機にあたり、微力をも顧みず再建の礎石たるべき抱負と決意とをもって出発したが、ここに創立以来の念願を果すべく角川文庫を発刊する。これまで刊行されたあらゆる全集叢書文庫類の長所と短所とを検討し、古今東西の不朽の典籍を、良心的編集のもとに、廉価に、そして書架にふさわしい美本として、多くのひとびとに提供しようとする。しかし私たちは徒らに百科全書的な知識のジレッタントを作ることを目的とせず、あくまで祖国の文化に秩序と再建への道を示し、この文庫を角川書店の栄ある事業として、今後永久に継続発展せしめ、学芸と教養との殿堂として大成せんことを期したい。多くの読書子の愛情ある忠言と支持とによって、この希望と抱負とを完遂せしめられんことを願う。

一九四九年五月三日